致新年快乐

须一瓜 著

上海文艺出版社

风一样的猎猎梦想

破译无人目击的秘密人生

目 录

1. 橄榄绿上衣   5

2. 手铐的金属声   15

3. 猞猁留给儿子   25

4. 边不亮   31

5. 流氓英雄   39

6. 拉赫玛尼洛夫的包子   49

7. 你试试看   57

8. 伪币   67

9. 奥芬巴赫的葱丝   77

10. 色   85

11. 厄运的阴霾   103

12. 易装猎手   111

13. 烟雾袅袅   121

14. 边不亮的煞气　　　　　　133

15. "小人民"来了　　　　　　145

16. 梦之星芒　　　　　　　　157

17. 蜻蜓饭草　　　　　　　　171

18. 魔胎小非洲　　　　　　　179

19. 枪口在前　　　　　　　　187

20. 法律的黄油　　　　　　　197

21. 小目击者　　　　　　　　211

22. 马勒《第五交响曲》　　　219

23. 沃尔塔瓦河　　　　　　　235

后记：像恋爱一样生活　　　251

我承认，这是一个可笑的故事。我也没有勇气否认它的愚蠢与荒谬。

只是我一直忘不了它。我想，我父亲也是。

记得成吉汉下落不明后公司的第一次大型年会，正赶上平安夜。公司尾牙宴大厅两侧的大落地窗外，酒足饭饱的年轻干部们都拥在甲板型露天长廊上，看楼下沙滩上发射的年庆焰火。焰火阵阵辉映着年轻干部们一年来攻城拔寨、踌躇满志的脸。一颗巨大的银白色杨梅在黑色的长空，勋章一样砰然乍现，核心瞬间爆裂飞腾，在弥天流挂中翻金泛红，紧接着又一大簇瀑布似的金线长丝，就像从远古而来，又像从九天深处倾泻而下，那些天骄才俊们惊叹声排山倒海，如欢雷沉箫——就是那时——我父亲忽然站在他主桌的椅子上，他的头快触及枝形吊灯，他一脚跺着餐盘，一边威胁性地大喊：没错！没错！我有一个愚蠢的、高贵的儿子——然后,他就摇晃如坠落的焰火,在主桌高管们七手八脚的惊慌接护中,吐着酒气醉过去了。

我知道,那个平安夜旋律回荡的夜晚,那些走在人间正道、意气风发的年轻精英们,刺激到了他们酒后防守薄弱的总裁。这是一个父亲对儿子的正式判决。这份判决的各种附件,在过去的十几年里,父亲不时提及,语气蔑视。但是,父亲似乎从未懊悔当年把"新年快乐工艺品厂"——我们家的致富发源地——交给儿子,似乎也从未后悔让儿子在两年左右的时间里,把"新年快乐"推上了令人瞠目的、不务正业的巅峰。

那些年,我已随父亲转战房地产业,父女并肩,一路苦身勠力斩魔杀佛。专业与性别,没有妨害我辅佐父亲南征北战日逐千金。只有在父亲又一次叹息我和我哥哥,一定是性别搞错时,人们才会仔细想起比我大两岁的成吉汉。

成吉汉十三岁的时候,妈妈带着他,在那个小雨霏霏的学琴路上发生车祸,妈妈当场死亡。他从昏迷中醒来跟医生说的第一句话是:爸爸死了!他死啦!

父亲根本不在车上。那时的成吉汉,矮矮的,脸小牙大,已经学钢琴六七年,心里装满了对父母和钢琴的恨。

在我母亲眼里,我哥哥是个天才。在我父亲看来,他就是一个白痴。心情好的时候,我父亲会表情揶揄地说,我有一个高贵的蠢蛋。这是我父亲一生中,对高贵这个词的唯一用法。

而他儿子的人生愿景,像风一样,辽阔无边、不切实际。只是十三岁时的车祸,瘸了他风一样的梦想。在香港的那个地铁站口,那个平安夜、铃儿响叮当旋律忽然响起的冬日的下午,我视野里的所有景深,都在水波中摇晃。水波中,二十年前的"新年快乐工艺品厂"的大门,那个五千平米不到,只有一栋灰白色、五层高小楼的小厂区,一下子就在我眼前出现。

晨曦斜照的草地上,粗粝的土黄色方石门柱间,闭合着白色钢琴漆的铁艺大门。右边大门柱的柱面上,有一方小铁灰色大理石雕的金字招牌,中英文厂名:新年快乐工艺品厂。招牌只比A4纸大一点,节制考究得就像石柱里嵌的精美印章。钢琴白漆的铁艺大门双开,里面是五千平米的绿草地,一条宽展笔直、路边镶着韭兰草和铃兰的迎宾大道,绕过喷泉大水池。池中心是一尊维纳斯踩贝出水的雕塑,本来浮于爱琴海面的大贝壳,总是被自来水淹没,永远也浮不上水面,她的脊柱后面还有一柱鲸鱼般的大喷水,看起来有点不伦不类,那是我母亲的文艺品位。通往厂区深处唯一的灰白色小厂楼。芳草萋萋中,多条交叉小径由绿篱描边,其间红色的扶桑,黄色的美人蕉、鸡蛋花一年四季总在开放。厂区四面的草地边际,是白色的铸铁栅栏。

在我如水波般荡漾的记忆里，整个厂区看起来，就像一张立体的新年贺卡。二十年前，父亲把那栋五层小厂房、六七十名员工郑重交付给成吉汉时，就像赠予他儿子一张新年贺卡，而成吉汉就像接过一个新年祝福。

我将讲述的，就是这个二十年前的老故事。它大部分是真的，但有相当一部分，不一定靠谱，那是来自我哥哥失控的酒后倾诉，还有，依然活着的他的伙伴们的回忆，以及工艺厂厨师、保安、设计师、工匠等的各种声音的汇集。这些拉杂汇集，就算是我父亲判决书的"附件"吧。

1

橄榄绿上衣

1 橄榄绿上衣

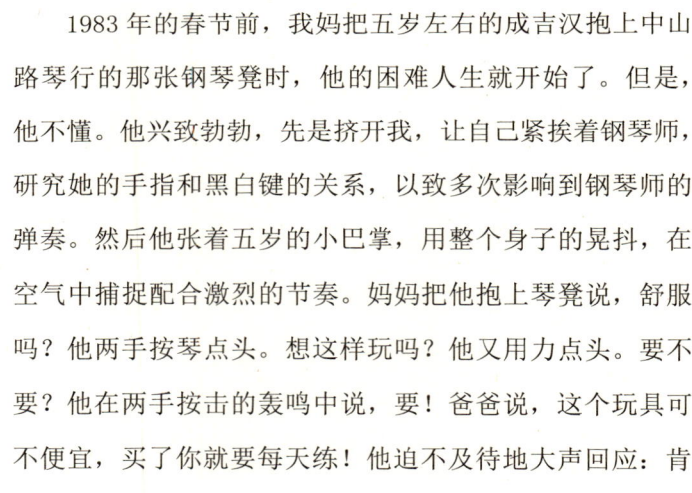

  1983 年的春节前，我妈把五岁左右的成吉汉抱上中山路琴行的那张钢琴凳时，他的困难人生就开始了。但是，他不懂。他兴致勃勃，先是挤开我，让自己紧挨着钢琴师，研究她的手指和黑白键的关系，以致多次影响到钢琴师的弹奏。然后他张着五岁的小巴掌，用整个身子的晃抖，在空气中捕捉配合激烈的节奏。妈妈把他抱上琴凳说，舒服吗？他两手按琴点头。想这样玩吗？他又用力点头。要不要？他在两手按击的轰鸣中说，要！爸爸说，这个玩具可不便宜，买了你就要每天练！他迫不及待地大声回应：肯定！我每天！

  爸爸说，说话算数？

  妈妈说，别问了，兴趣就是最好的老师！

  五岁的成吉汉根本不知道自己兴趣是什么，更没有能力表达，弹琴与爱乐的区别。但他必须为自己的选择负责。

在那个时候，一架珠江钢琴不是普通人家能随便购买的，尽管父母因为摸到了致富之门，对钱刚刚有了一点恰当的轻视。而十三岁的成吉汉车祸后一出院进家门，便毫无征兆地，或者说，平静地，用拖鞋、凳子、菜刀、锤子，一口气砸烂了那架折磨他六七年的珠江钢琴。

父亲到客厅看着儿子砸。他只是站在门口，没有说一句话。我以为父亲要关成吉汉黑屋子，这是成吉汉最恐惧的惩罚，但是，丧妻的父亲一反常态地沉默着、袖手容忍着。出车祸那天的前一晚，成杰汉因为偷懒不练琴，被父亲揪着耳朵，直接拎提进了储藏间的黑屋子。

成吉汉对钢琴的厌倦，相对其他便宜得多的玩具，实在是变脸太快了。一天四小时的练琴，不到几个月就让他焦躁厌恨。老师经常批评：别的小朋友都练熟了，你们家的孩子还弹得像筛子一样！妈妈后来气得用缝衣针扎他的手。后来，他一被抱到琴凳上，或者自己爬上琴凳，就开始哭，边哭边弹。再大一点，他在上门的钢琴老师的短靴里放红烧猪蹄，一边放一个；他给老师的自行车轮胎放气，把铃铛卸下扔远；七八岁的他，有力量抵抗妈妈的缝衣针了，爸爸就出手，直接把儿子关进小黑屋，说：想练琴就出来；不想练，就在里面休息！

这就要了成吉汉的小命。他在里面撕心裂肺地踢门，用撕裂变形的嗓子刺耳尖叫，身体重重撞门。这个大我两岁的人,看起来天不怕地不怕,但非常怕黑、非常怕鬼。九十年代我们迁居复式楼时,他从来不敢独自一个人待在某一层,楼下或者楼上,哪怕我在也好。对此,爸爸极尽奚落嘲讽:还想当警察!怕黑怕鬼——又爱哭,这种笨蛋警察你能保护谁?!父亲迁怒于那个讲鬼故事上瘾的能干保姆——再讲割掉你舌头!但是,早就晚了。在我看来,他们父子关系不顺畅,不仅仅是因为练琴多年积累的憎恨,而是父亲根本不认可儿子诸多没出息的品质。车祸前夜他被关小黑屋时,我父母其实有一段争执。妈妈的意思,是让儿子赶紧出来练琴,说老师都说他禀赋过人,只是他心理不到位,这样粗暴管束是南辕北辙;而父亲说,这样一个窝囊废的男孩,根本长不成一个真正男人。他屁也干不成。必须强力规制。

　　车祸之后,妈妈没了,钢琴也砸了。如果我没有记错,练琴六七年,成吉汉好像连六级——也许是五级,都没有考过。高中后,他也没有考进天南地北任何一所和法律、警察有关的大学。他的左腿,因车祸股骨粉碎性骨折,康复后一直有点伸不直。当年离开医院时,医生们都说,孩子小,会慢慢恢复的。几年后,医生就都不这么说了。腿查了、腰查了,能拍片的都拍片了,各种按摩牵引理疗推拿,最终都没有解决那条腿的微瘸。最后成吉汉自己放弃了。也许就是这一点,做父亲的有点内疚。车祸前夜,因为关黑屋,成吉汉吓得一夜惊魇,没怎么睡,次日午睡的时候,怎么也不肯醒、不肯起来,闭着眼睛死死扒住床沿不放,要求再睡十分钟。妈妈说要不今天就请假算了,爸爸说男人不是惯出来的!结果,可能时间紧,妈妈开车赶,遇大货车抢道又处置不当,油门当刹车踩。

成吉汉小时候很矮,小猴子似的,每次都是被小他两岁的我快超过时,才急忙上蹿一点。但是,中学后,他突然拔节,像妈妈一样肩平腿直,完全抛弃爸爸的厚溜肩。眼睛也像妈妈一样,清洌执拗,随时暴烈随时温柔,和陌生人说话时,常有略带难为情的、非常好听的快乐语气。不止我同班,连隔壁班的女生都在传说,我有个非常帅的哥哥,可惜有点瘸。但即使这样,她们依然爱来我家玩。成吉汉并不和我同学玩,最多见面点一个头,如此潦草,依然令她们一个个莫名欢闹或傻笑,甚至看到成吉汉走过的身影就脸红。

父亲多次跟我说,可惜钢琴砸坏了他的腿。爸爸是下意识地回避责任,因为我们都知道钢琴后面是什么。

刚进小学的时候,成吉汉有一件橄榄绿上衣,谁也不知道为什么他要天天穿它。有一次坚持等保姆把刚洗的衣服熨烫干穿上才走,结果,上学迟到了。那一次,我妈用整棵大白菜砸他,他豁着刚掉的门牙洞嘴号叫:那是我的警察服!再下来,入秋天凉,为了继续穿那件"带臂章"的

致新年快乐

所谓警服,他坚持不穿外套,或者,一到校门口就脱掉外套,最后发烧肺炎住院。后来他被我爸揍了一顿,父亲当他的面,用剪刀剪碎了那件带臂章的衣服。有时我想,他不长个,就是为了等那件不能长大的警服吧。

不过,我父亲从来不认为成吉汉被耽误过什么。成吉汉也果然如父亲预判,混了个省城二本。大学生活衣食无忧,他不乖巧也不忤逆,平平淡淡,最多就是买了很多很多盗版、正版的音乐碟片,败家有豪气。一毕业他就被父亲叫回来——他好像也没地方可去,就在新年快乐基层锻炼了。爸爸的意思是让他一边锻炼一边考个公务员,当普通文员也行,随他去吧。但是,成吉汉成天迷音乐,考了两次都成绩很烂。要不是工作还算认真,父亲说他会把他赶出去,考不上公务员就不要回新年快乐。父亲的蔑视心思,成吉汉一贯心知肚明,有一次他讥讽地问我,你看到全世界哪个国家的公务员是瘸子?

也好,当父亲大举进军房地产业两三年后,就把新年快乐先转交给我,最后彻底托付给儿子。这是最合适的选择。反正毕业这些年,接单、打样、客户确认、开模、毛坯、彩绘、贴标签出货,乃至设计、参展,各个环节,成吉汉基本都实习参与过,他有数。父亲自我鼓励地说,你学中文的,不也照样上路很快?父亲对儿子还是有梦想的。而事实上,一得到权杖,成吉汉就憋不住地意气风发,那种从此天宽地阔、宏图大展的小样，又被父亲见缝插针敲打臭骂很多次。

已经上了轨道的小企业，想跑歪也不是那么容易的事。但成吉汉也真的不是省油的灯。一上任，第一件事他就升级全厂广播音响系统，改用什么网络音频纯数字化体系，并将办公室、厂房、厂区道路、花径、喷泉池、员工宿舍等一百多只扬声器也全部更新。办公室专门整出一间高档听音室。据说，里面所有的音响设备，都是进口的。对此，父亲保持了了不起的克制。似乎一碰触音乐、钢琴什么的，父亲就会有触手回缩的感觉。我能感受到父亲那种闪避反应，就像那种刹车、等红灯的阻滞感。这是父亲的脆弱穴位。

新广播系统启用后，我和父亲在两个月后，第一次返回新年快乐时，一进厂大门，看得出，我父亲确实被它的效果震撼到了。我不知道成吉汉是怎么做到的，一进大门，我们就像进入一个透明的、无形的音乐厅。我们一行不知道是走在夕阳浅金色的天地间，还是成吉汉布置的无可名状的奇异光辉中。在那音乐旋律里，在那小号引领的新年贺卡一样的根据地，一切被音乐描绘得如天国一样感人欲泪。父亲的表情羞涩尴尬，是的，他享受到了他败家儿子的出手不凡。

什么曲子？我问。

成吉汉声音很低：贝多芬……蓝色的夜晚……第二乐章。

我看到我父亲看了我一眼，眼神里的谢意一纵即逝。他也想知道谁触动了他礁石一样的心。如果我不问，他永远都不好意思问儿子。据说爸爸年轻时喜欢过小号，但是，妈妈喜欢钢琴，说吹小号的男孩容易疝气。

也没有人告诉我父亲。我也是后来才知道，成吉汉一主政，就买了几副滑板。他从疯狂练习到完美出师，都在新年快乐的厂区大道上进行。新员工谁也想不到，那个不时在厂区大道或草径上或飞翔或摔得狼狈不堪的，那个踩着滑板、在音乐声中追风而行，或者试图带板跃上台阶的瘸子，就是他们的老板。猞猁至死都没有给父亲汇报过这一节。猞猁汇报过，成少执掌后，厂里保安队开始每天拂晓要跑步五千米，不跑就扣奖金；猞猁也汇报过，每天傍晚，新年快乐的保安们，必须参加健身活动打卡——其他岗位的员工随意。健身房是在五楼顶加盖的——除了走不开，一律要完成至少一小时的健身。成吉汉自己也坚持参加。哦，还聘请过一个散打教练，据说，新年快乐的保安个个有身手不好惹。这个我不知道，我只知道，我们厂里的保安队走出来，一个个衬衫下都能看到结实的胸大肌，看起来真比警察还帅。但成吉汉为什么搞这么多幺蛾子，猞猁没有汇报，我不知道猞猁怎么想，事实上，他把我哥诸多败家行为都处理为个人隐私了。我理解猞猁，在我看来，那是天真的成吉汉，对被钢琴压抑、被禁锢的沉闷童年，恶狠狠的反击。他终于自由了。也许他的内心，一直可笑地停留在那件我父亲剪碎的小"警服"里。

致新年快乐

2

手铐的金属声

可能必须先说一个小故事,有助于进入成吉汉的奇异世界。

那件事情,我父亲大光其火,差点把猞猁揍了。猞猁这个人以后再说,他是父亲交棒时一并交给我哥的司机,分管厂区安保工作。实质上,他更是父亲安置给儿子的保护人、兼职通风报信的卧底。

新年快乐小工厂,是九十年代初下海有了点钱的父亲,选址在芦塘镇青石水库边开办的。当时那里偏僻,租地便宜,几年后它才变成了劳动密集型的经济开发区,再后来,高新科技园区、软件园区等在青石水库西面陆续开发,芦塘的人气才渐渐转旺。父亲依照政府的扶持政策,小作坊入驻芦塘劳动密集型开发区,升级成了工艺厂。豪气干云的父亲,一到新厂区,就为小工艺厂修了个气派恢弘的四车道大门,比周边的什么旅游产品制造、玉石加工、假发制作、电子装配等中、大型企业的大门都大。他把妈妈请来的风水先生的忠告踩在地上：庙小门大，不藏风聚气，漏财。我父亲不信那个邪，偏就要一个巍峨磅礴的大门。千禧年前后，成吉汉接手时，新年快乐的订单依然稳定见长，每年两三百万的利润毫无悬念。它主要就是出口以圣诞灯饰、玩具、圣诞树为主的圣诞礼品。

芦塘青石水库是东西走向的蜂腰形天然水库，新年快乐厂位于水库最细的腰部偏西。差不多以此为中分线，水库再往西，是路宽车少但人气渐旺的高新科技、软件产业园区，水库往东，就是芦塘旧镇，村屋错落、街道狭小，有劳动密集型企业，带来越来越多的外来租住人口。2001年左右，蜂腰东西两边相比较，还是西水库的密集型工厂区及高新软件园区，更有未来城市的坯子；但新年快乐后围墙所对的东水库一带，虽然老旧脏乱，农民盖的房子，除了大门正面，大都砖坯直裸，根本懒得或舍不得装修外墙，一下雨还街道泥泞。但因为外来人口的渐渐增多，人气也不能小看，很多精明的本地人看到在西边水库上班的人，也爱过来租房子。越来越多的农民就开始借钱盖多层楼房出租，名为：种房子。这租房收益大过任何农副产品。

致新年快乐

事情就发生在新年快乐厂区后围墙外两百米处，也就是水库东区老镇的米老鼠幼儿园。

那是村委楼外租的一层平房，在乡镇里就算很大的幼儿园了。粉色的墙上，贴了好多个米老鼠、唐老鸭的卡通头像；幼儿园大门开在村委楼后门，用竹篱笆围出一个儿童乐园的小院子，里面是一片青黄不接的草地，院子中间有个红蓝色的硬塑滑滑梯；他们还把整圈护院竹篱笆，都涂抹成红黄蓝三原色不断轮回的、扎眼而笨拙的彩虹图案，很多油漆或者水粉，都在竹篱笆上脱落了。但这已是一个乡村幼儿园很鲜活的状态了。

事发具体地点，就是幼儿园的竹篱笆栅栏处。下午4点那个时候，是最多家长去接孩子回家的点。米老鼠幼儿园的裘老师（有人说是生活老师裘阿姨），就是在竹篱笆口被她丈夫杀死的。一开始，人们都没有看到那把十七厘米长的剔骨刀。那个肥壮赤膊的男人把它放在裤袋里。男人喝了酒，光着的上身潮红，脸和眼珠子，也一样发红。据说男人那两天一直在幼儿园门口，不断威逼恐吓那个要和他离婚的、已住娘家的裘阿姨。裘阿姨和幼儿园的人，也已经多次打过报警电话；但是，总是狼来了狼来了，总是没有出事，警察也就疲于应对。毕竟只有三名警察四名协警的乡镇小所，警力要用在刀刃上。

出事的那个下午，听说是裘老师的男人终于知道她要离婚是有了姘头，所以男人仗着酒劲，气势汹汹地要女人表态，要么跟他回家，要么死。因为家长们在接孩子，竹篱笆院门开放的。裘阿姨在幼儿园收拾厨房，故意不出来。之前，园长已经很生气地请闯入幼儿园的赤膊男人出去，说，等她下班你们夫妻自己出去谈。现在这么多孩子，影响不好。

但不知什么时候，那个酒后的男人，还是混进了幼儿园，并准确地在厨房堵住女人。女人蔑视地不理他往外走，男人掏出了剔骨刀。女人根本不把男人和他的剔骨刀放在眼里，喝令他滚，女人甚至一直胸逼男人，说你杀呀杀呀——你杀！然后，女人转身就走。

男人大吼一声，扑过去一刀扎在女人的肩上，女人这才惊叫，拼命往外逃到了篱笆院子。在滑滑梯前，又被男人一把揪住头发。一个接宝宝的家长，想好言劝阻，刚靠近，马上被剔骨刀划破衣服，吓得大叫"有刀"！人们像磁场反转一样，一起后退。一时之间，米老鼠幼儿园门口的尖叫声、惊呼声、孩子的哭喊声连成片。男人死死拧住女人，不知道在对她吼什么。

正在附近做出租户人口调查的芦塘派出所指导员和一名地段警，闻讯赶了过来。人围有信心地迅速让道，有如红海分离。女人一看到警察，立刻拼命挣扎，呼喊着杀人啦！——枪毙他——快枪毙他！就是那个时候，也就是说，那男人就是当着两名警察的面，把剔骨刀捅进了女人肚子。女人很强悍，边踢打反击，边狂喊枪毙他！而且，趁男人一个松懈,又转身还想逃,她想投奔警察。男人又追上一步,又是一刀扎进女人后腰。警察厉声喝止:放下凶器!杀红眼的男人,对警察挥刀。手上还拿着登记簿的警察不由一起后退。一个女店员塞给警察一根拖把,但是,警察只是蹲着马步,平伸了一下拖把,还没有点到男人,男人一脚,就把拖把一脚踢飞。警察又用登记本子砸他,嘴里吼着住手!住手!但男人已经断定,警察阻止不了他。他索性转身,把光背留给警察,半蹲着,又一刀扎进已经不再呼喊"枪毙他!"的倒地女人。

就是这个时候,一队人马闯进人围,冲向那对男女。

一见有刀,冲在最前面的两名深色制服者,不约而同地有点紧急刹车,与此同时,持刀男人立刻起身猛挥剔骨刀,一个制服男的胳膊立刻渗出暗血,他大叫着捂住自己胳膊;这时后面两便衣男子中的一名,把手上的笔记本电脑状物,砸向行凶者。行凶者闪开,另一便衣男飞身一脚,直踹行凶者头颈部。男人捂脖子歪倒,其他人扑夺男人的剔骨刀。酒后的男人力大惊人,剔骨刀乱舞。这几个人不同程度被划伤,一起后闪;趁空隙,男人把剔骨刀一刀扎向自己胸口。踢他的便衣男,用不知谁给的铁畚斗把子,一把抡劈到他的持刀手腕,连带刮到行凶男人的脸,那酒后男人血流满面地跪了下去,剔骨刀扎歪了,掉在地上了。他颓然栽倒在他女人的身边。一个制服男,从后腰掏出手铐，他们七手八脚，用手铐铐住了那个行凶男子。那一瞬间，人群一片死静。每个人都听到了手铐的金属声。粗劣的彩虹图案的竹篱笆边，那对血泪鸳鸯，看上去就像辛劳了一天正相携入梦。他们合睡在一块越来越大的血毯子上。

密密匝匝的人群中，几乎都没有人能说清楚，那四个男子是怎么离开现场的。人们高度关注那两个处置现场的警察。哇呜哇呜增援的警车，唔哩唔哩赶到的120车的救护工作，也一直吸引着人们的注意力。人们着急地猜测讨论这一男一女是死是活；没有注意到那四个男人怎么离场。只有沙县小吃店的店主夫妻，说看到那四个人一同进入一辆巡逻警车。

次日之后，较长的一段时间里，有一个比较稳定的说法在民间流传：说最危急的时刻，多亏两名特警、两名便衣刑警，从天而降，扭转了恐怖场面。要不然，那个女人肯定死！那两个警察可能也会死；但是，也有一种声音说，派出所警察窝囊无能，如果那几个很猛的保安和群众早到一点，那个女人根本不会伤得那么重。

大约在事情发生一周后，芦塘派出所的前一任所长，打电话给我父亲。那所长和父亲一同在芦塘，算是有旧交情。当时他已经提拔到分局政治处副职。他简要说明了事发情况，肯定了新年快乐员工见义勇为的精神，但强调了非法使用警具的严重性质。最后他说于私于公，他不想为难新年快乐。也就是说，公安不追究违法责任，见义勇为一事也就按下不表。换句话说，警方背下了这个黑锅，默认了他们是自己人。挂了电话，父亲一脸阴沉。我才明白，那个晚上本来要进城陪我过生日的成吉汉为什么没有来，只是让猞猁给我送来了一个首饰盒。说他临时有接待。猞猁什么也没说。晚上我打开盒子的时候，里面是两个又红又小的草莓。我打电话给小气鬼。他嬉皮笑脸，说，那是我窗台上的草莓第一次结果。赶紧吃啊非常新鲜！其他，和猞猁一样，他什么也没说。

2 手铐的金属声

　　那一战的社会效果，大概传奇又辉煌。除了猞猁，另外三人全部被剔骨刀划伤。成吉汉脸上的一道伤口有小指头长，所以他没脸见我。他新的戴尔笔记本电脑也摔坏了；双胞胎保安郑富了、郑贵了分别是大臂、胸口划伤。因为没有丢掉小命，又赢了英雄口碑，这群二百五，不可一世骄傲自得。

　　父亲放下电话赶到芦塘踢门而入，是在总办门口听得实在忍无可忍。

　　成吉汉的办公室里面，那帮傻蛋正自我膨胀中。他们沾沾自喜于民间对他们特警形象的认定；陶醉于自己凌空而降的出手不凡，他们反复重温模拟当时的精彩一瞬；还埋怨猞猁头发胡子太长，看起来有损警察形象；郑富了或者郑贵了还说，要不是那杀人狂赤膊的身子太滑，他们早就把他按个狗啃屎，那女人早就救下来了！而成吉汉面对着蓝色玻璃窗子，微屈着双膝，一直在做出快速拔枪射击动作。他想象自己后腰有枪。他大概觉得自己非常帅。猞猁的腿架在茶几上，在打游戏机。这就是父亲踢门而入的场景。这就是成少总办公室，基本就是一个保安办了。

　　猞猁被父亲单独叫到里间狠狠训斥。他在辩解的时候，父亲抄起床头柜上的保温杯摔了过去。猞猁闪身接住了。他最后的嘀咕也很无奈苍白：我保证我在他一定是安全的。是的，猞猁并没有松口，他没有保证父亲要求他承诺的，绝不再发生此类事。他知道他无能为力。回城的时候，父亲在车里对我说，我不该对林羿发火吧？那么短的时间，要控制你哥那个二百五，他的确很难。

　　父亲说，那天要没有林羿，鬼知道还会搞掉多少条人命！

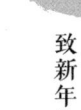

致新年快乐

3

狯猁留给儿子

3 猞猁留给儿子

　　其实，我父亲很清楚，他自己也无能为力。他怎么会不知道自己的儿子是什么东西呢？记得成吉汉高中、我初中的一个暑假，在我们一起去外婆家的长途车上，成吉汉和一个小偷扭打起来。本来车上是有人一起喊抓扒手的，有点群情激愤，后来扒手的同伙突然持刀现身，所有的乘客都噤声了，女失主的丈夫也松开了扭住扒手的手臂；本来要打报警电话的中巴司机也放下了电话，并在减速中打开车门。成吉汉死死扭住行窃者，大喊司机快关门。他还以为司机是误操作。结果，两个小偷一起对付成吉汉，好在小偷并不想要他的小命，只是在他大腿上扎了一刀，就一起蹿下了车，从田野中奔逃而去。

　　有几名乘客围了过来，抢着包扎处理成吉汉的腿。成吉汉一脚把他们踢开或推开。血一下子就淋透了他的球鞋面。我吓得抱住他大哭，忽然之间，我听到他胸口的痉挛似的起伏，我不敢抬头，很快，我听见了这个高中男生，抑制的喉咙异响。还是有一勇敢大人过来了，不由分说，用一根什么带子，扎住了成吉汉的腿。

中巴车子一路无言，飞快地开进了一个乡镇卫生所。那一车人最大的善良，就是在车上等我们处理好伤口，回到中巴车上。他们不知道成吉汉本来就有点瘸，当少年一步一瘸回到中巴车上时，不知道谁带的头，车上响起了鼓掌声。我坐下后扭头看我哥哥，他咬紧牙关，泪水在他紧闭的眼睛下几乎溢出；我答应成吉汉，跟外婆撒谎，说他不小心摔伤了。回到父亲身边，我们口风依然不乱：成吉汉不小心摔倒了。开学前，我跟父亲说了实话。父亲咒骂了一句：我怎么会蠢到看不出是什么伤，你以为我也是二百五吗？！

父亲把他最得力的助手留给儿子，也是一个证明。那就是他始终明白，始终清醒，他有一个什么样的不省心的儿子。这和猞猁救成吉汉的事情关系不大，即使没有那件事，我想，我父亲也会把猞猁，留给儿子。

那时，猞猁还是父亲的司机。父亲对他的欣赏爱惜，早就超过了一般司机。在广交会上，他出色的英语能力，意外帮过父亲不少忙。这还不是主要的，阅人无数的父亲是这么评说猞猁的：对人对事，他有直达本质的奇怪天赋。换句话说，在父亲眼里，猞猁是个格外清醒的人。

3 猞猁留给儿子

　　猞猁救成吉汉那次，是在11月底的一个阴寒雨天。全城绵延下了半个多月的雨。两三度的阴冷湿寒天，阴冷得人们总想围炉、也总在吃火锅。父亲要去市政协大厦的提案委员会拿个什么材料，之后他晚上还有应酬。送到政协大厦门口，父亲让猞猁不要等他，直接去城西的公务员考点，接考完的成吉汉回家。因为那个考点很偏僻，对我们家而言，是几乎横穿全城的二十多公里远。猞猁接了成吉汉返回的时候，路过了旧人民大桥。桥上少见的人车拥堵，到处都是人和伞，看不清情况。猞猁摇窗一问，说一个女人背着娃娃跳下去了，在下面又喊救命啦。猞猁还没反应过来，就听到副驾座的车门嘭地一声，扭头一看，副驾座上只有成吉汉脱下的蓝色的大滑雪衫，再抬眼，就看到成吉汉从桥护栏上跳下去的背影。猞猁追出汽车，边跑边脱衣服和鞋子，在人群的再一次惊狂呼喊中，猞猁也从大桥上跳了下去。

　　我父亲后来特意到旧人民桥，在他儿子跳下去的地方看着，始终一言不发。跳下去的地方距离水面十米左右。桥上的冬季风吹得我父亲脸色发白泛青，紧咬的腮帮上，一片青色疹子。我不知道他是讶异、后怕还是愤怒。他的儿子，他的司机，把那个找死的女人拼死救了回来。如果那天，猞猁没有跳下去，我估计那个女人和成吉汉都回不来了。那个捆在背上的男娃娃，没有救活，说是母亲从那

28

么高的桥上一跳下去，他就呛死了。

跳下去的女人，一落水就后悔了。她拼命扑腾呼救。桥上和岸边的人越来越多，上上下下都成了呼救扩大器，但是，没有人敢下去。有人在打110，有人指挥去找竹竿，去叫船家，去拿救生圈，有人在岸边甚至抛出了没用的雨伞。猞猁把母子两人推带到岸边的时候，岸边两三个男人是看到成吉汉在水中异常的样子，才连忙扑进水中，去接那个女人的。他们急指远处的成吉汉。猞猁返回去接成吉汉。成吉汉脚趾头在抽筋。后来他告诉我，没想到河里的水那么冷，一下去我手指头就发麻了。那胡乱挣扎的女人，又一直把我往水里压。抽筋是被我想出来的，当时，我一紧张就怕我会抽筋，结果，一想到抽筋，我的脚趾头就真的勾缩起来。实在太要命了。

他们两个爬上岸的时候，成吉汉拼命跳着踩地，要扯平自己的脚掌筋；猞猁精疲力竭地跪着，半天站不起来。寒冷的水、疯狂的女人、吸水的卫衣和厚实的牛仔裤，都是施救的致命阻力。回去之后，俩人都病倒了，成吉汉发了两天两夜的烧，猞猁咳嗽了两三个月，经常咳得满面通红，像红烧猪头。父亲请来的老中医给他们搭脉开药后留了一句话：看你们有多少阳气这么挥霍！

4

边不亮

4 边不亮

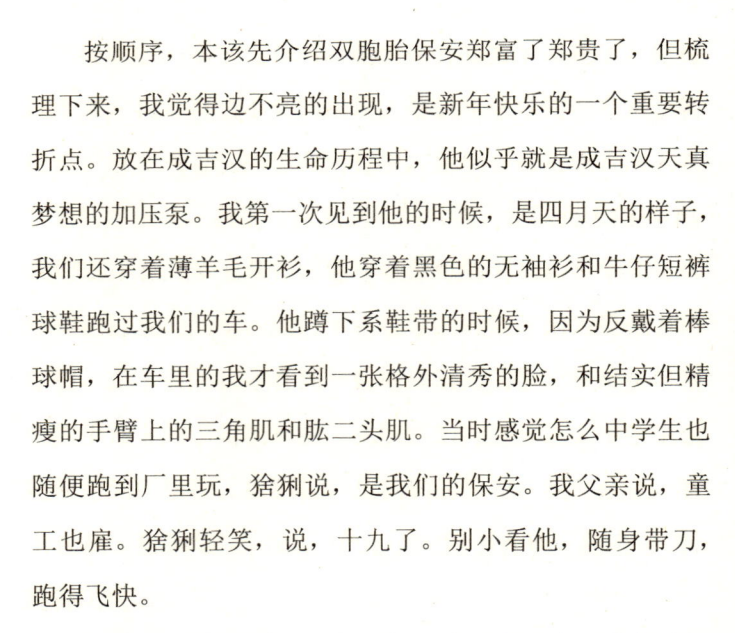

按顺序，本该先介绍双胞胎保安郑富了郑贵了，但梳理下来，我觉得边不亮的出现，是新年快乐的一个重要转折点。放在成吉汉的生命历程中，他似乎就是成吉汉天真梦想的加压泵。我第一次见到他的时候，是四月天的样子，我们还穿着薄羊毛开衫，他穿着黑色的无袖衫和牛仔短裤球鞋跑过我们的车。他蹲下系鞋带的时候，因为反戴着棒球帽，在车里的我才看到一张格外清秀的脸，和结实但精瘦的手臂上的三角肌和肱二头肌。当时感觉怎么中学生也随便跑到厂里玩，猞猁说，是我们的保安。我父亲说，童工也雇。猞猁轻笑，说，十九了。别小看他，随身带刀，跑得飞快。

后来，我才知道，那个时候，边不亮是来用劳务赔偿撞坏的成吉汉的车的。父亲给成吉汉留下的是新帕萨特。原来的桑塔纳时代超人，也就是被他们这伙二百五喷了

"治安巡逻"伪警车的那辆,成为安保队用车。成吉汉没有驾照,他一个瘸子,培训机构估计也不爱搭理他,他可能也懒得去。当时他只是买了黑驾照,经常缠着猞猁学开车。黑色的帕萨特到手后,他恨不得马上开好它。那天傍晚,在芦塘公交车站附近,猞猁本来因为下班高峰期到了,不让成吉汉再开。成吉汉不肯让位。在金宏达超市的十字路口右拐的时候,一个人骑着前后轮都是泥的金城摩托车,忽然从右边小路飞速撞了过来。成吉汉倒是反应快,一脚踩死了刹车,摩托车还是撞上了车门。一个少年从倒下的摩托车上弹起,没来得及站稳,一个中年男子扑上来就扭住了他,少年一下子亮出弹簧刀,吓退了男人,少年转身就往对向路口飞跑。

男人大喊:——小偷!偷我的车!

猞猁和成吉汉把汽车靠边,往少年的方向追去。

也算他们追赶及时,那少年正和三个比他壮的青年打成一团。猞猁追过来,那几个人一下子都跑远了。少年一嘴角的血,还想追,被猞猁一把拧住。少年跺着脚,四下看地找什么。猞猁一脚将身侧的那把小弹簧刀踢远。少年挣脱着要去捡刀,猞猁狠狠反剪了少年的手臂。少年痛得大叫一声,蹲了下去,随即哭腔都出来了:——扒手!他们在车上,偷了我的钱!

摩托车怎么回事?猞猁说。成吉汉顺道把弹簧刀捡了过来。

少年盯着成吉汉的手说，我冲下公交车，他们跑远了。正好看到有人停摩托，我就推开他，就是借用一下下。你们偏偏拐过来撞我！！

还是我们撞你了？！那是不是该我赔你钱了？

少年眼睛喷火，目露凶光。看起来倒也像是真话。两人把少年拽到事故现场，那个男人也在路边察看他的摩托车撞得怎样，一看到他们三个，马上跳过来打那少年的头。成吉汉挡住，说，他被人偷了。

那就该偷我的车？汉子还是踢到了少年一脚。

少年怒喊：——我是借用！

汉子说，谁要借你？你撞坏了我前车灯，还有灯罩子，油箱也都擦掉油漆了，你赔！你赔了老子就不送你去派出所！少年拧着脖子，不看那男人，但他看到了被摩托撞得凹陷了一大块的帕萨特新车右车门，显然有点吃惊，不由用眼睛偷瞄猞猁和成吉汉。猞猁拍着凹陷的车门说，你差点要了老子的命。少年却对汉子说，他们看到了，我追不到那三个扒手。我的钱在车上被他们都偷走了。不然我借你的车干吗？

哇，你还有理了哈！——摩托你赔！汽车门都烂了，你也要赔。不然我们一起捆你到派出所！少年像抽噎似的喘出一口长气，但什么也说不出了。

猞猁察看了摩托车一圈，说，车灯是坏了，不过，这掉漆是旧痕迹，不是今天擦掉的。一辆旧摩托，赔六七十差不多吧。

什么？！你别看它到处是泥土，这可是新车！洗洗，你就怕了！

成吉汉掏出一百元，说，我先给你。再找他算账。猞猁说，哪要一百？男子一把夺过钱：说不定还不够！我还有事，先便宜这小流氓了！

男人骑上肮脏的破摩托，轰隆而去。少年捡起地上的碎砖头，使劲追砸过去。准心太差了。猞猁讥讽。少年回嘴：我是怕砸到别人！要不比比？！

成吉汉说，我的车门，至少要两千块的维修费，对吧？他问猞猁。

猞猁说，加上喷漆、材料费、工时费，三千打底。

我没钱！少年惊叫起来：抓不到小偷，我身无分文！我的钱、我的证件都被偷了！

那你是不赔了？猞猁说。

我没说不赔。我是说——我现在赔不了。你把我抓到警察那，我也赔不了。

那你说怎么办？成吉汉说。

少年说，那你说怎么办？！

猞猁说，上车，去你家拿。

没家！就这条命，要你拿去！

少年口气决绝。成吉汉说，要不，你去我公司上班，用你的工资赔我。

——要我白干多久？

成吉汉说，我们现在找4S店算一算。该赔多少你就干多少。

事后，猞猁问成吉汉，你不差这些钱，为什么要逼那小子？成吉汉说，他已经被扒手偷光了，吃饭睡觉都成问题了嘛。

你相信他？

我信。成吉汉说。

又一次，成吉汉说，边不亮是不是很有趣啊？那么小只，是怎么长出无法无天的嚣张气派的？边不亮的嗓子沙哑低沉，在猞猁看来是声带结节了，在成吉汉听起来，正是天赋绝好嗓子，透着无所畏惧的沉着与英勇。

让边不亮最终接受用劳务抵扣赔偿费，其实是他自身麻烦大了。他把他洗车店老板，让他带给他芦塘岳父七十大寿的大蛋糕和黄油蟹也一并丢了。他冲下车去追扒手的时候，东西还在车上。回头他向26路公交车讨，公司回复说，司机说没有看到那些东西。应该是被乘客顺手牵羊了。猞猁雪上加霜地说，至少该赔你老板三百块，人家岳丈还不吉利——生日蛋糕也能搞丢！

边不亮咬牙切齿，拿着弹簧刀狠狠扎树。那时，他洗车行的月薪是三百出头。

边不亮同意在新年快乐做保安，也同意公司扣他的吃住费用，但是，他要求每月给他一百二十元钱。成吉汉说，吃住都在公司了，你怎么零用钱比我还用得多？边不亮说，反正你要留给我。大不了我就在这多白干几个月。成吉汉开始以为他抽烟，直到几个月后，才知道，抽烟之外，边不亮乡下的奶奶还在种地，如果他不能给她每月八十元的化肥钱，奶奶就要到六公里外的一个小学去挑粪。

说起来就是物以类聚了。边不亮对车上的扒手，积攒了刻骨的仇恨。据说他三年前一进城，就在一出火车站的公交车上，被扒手偷掉了仅有的一百多元，当时饿得靠捡垃圾筒边的剩快餐盒熬过来的。所以，如果不是同仇敌忾臭气相投，对他这样一个没有身份证、没有劳动合同的人来说，随时违约开溜，也是十分自然方便的。但是，边不亮留了下来，而且成为这帮反扒反抢、热衷替天行道的"伪币"中最坚忍、最手狠的一个。他效力新年快乐保安的半个月内，就在公交车上和车站，连续抓了三起扒手。他简直就是复仇似的和所有的小偷扒手恶人宣战。当然，猞猁曾说，边不亮这么变态、这么不要命地疾恶如仇，是他心里装满了恨，而新年快乐，又给了他最强有力的后盾。

没错，成吉汉和猞猁都非常欣赏这个少年。

5

流氓英雄

可以说，双胞胎兄弟郑富了、郑贵了。这么说吧，如果不是遇上成吉汉，不是遇上猞猁，这对双胞胎可能早就被警察抓起来了。

他们比成吉汉大一两岁，初中辍学就来到城市混。说是双胞胎，也不怎么像，但细看还是很多相近点：都有点像发胖的唐僧，都爱吃红烧猪头肉，都有一双宽褶子、无睫毛的圆眼睛，很女式感的小鼻子、小嘴、小耳朵，它们一起陷落在肉乎乎的圆脸中。不过，兄弟俩神态大不相同。一个老喜欢把表情管理成老成持重的思考状，结果只显出肤浅的狡诈；还有一个呢，总是故作天真，实际上也真的就是天真，故作的效果反而凸显出有点贪，不管是贪财还是好色，都掩饰不成功，算是表达不善。哦，他们智商也差不多——猞猁一直怀疑他们出生时难产憋坏了脑子。

他们是一对奇怪的互补组合，总在情绪摆荡中各处一端，维持了整体的平衡。比如，一个活跃开怀时，另一个往往深沉稳重；一个胆小谨慎时，另一个往往英勇无畏；一个豪情四海、天下为公时，另一个正在工于心计、斤斤计较。所以，他两个总是批评对方、彼此鄙视。但是，他们有一个共同的爱好，就是假扮警察。从小脑子就偏迟钝的兄弟俩，总是被人欺负。所以他们觉得警察威风凛凛，无人敢欺。在进新年快乐之前，他们活跃在成吉汉公务员考试点那一带。那也是一大片城中村，也有很多外来人口和本地出租户，还有城里人节假日喜欢去的湿地公园、小园博园和神足山湾。哥哥郑富了先是在那边的一个物流仓库当保安。有天晚上，几个酒后的流氓小混混，不知道为什么在仓库大门口吵架。要动手的时候，郑富了从保安门岗冲了过去，威声制止，说，不允许在他的地盘上撒野。他有权对此负责。一开始，那些流氓小混混还真给他面子，移到了更远一点的地方闹。没想到，郑富了早就留心了，他们一动手，他不顾值班同事劝阻，单枪匹马，挥着电池早就坏了的破警棍，冲杀了过去。

他厉声喝道：给我住手！

结果是两伙人合起来，揍了郑富了一顿。

弟弟郑贵了本来在城里一个水煮活鱼店学做片鱼，因为总是片得太厚，片断鱼刺，又总是片伤手，老板忍无可忍，让他哪里发财滚哪里去。听说哥哥受伤了，郑贵了就过去看他，顺便替了哥哥半个多月的班。因为流氓小混混都鸟兽散了，警察只能登记报案了事；又因为物流仓库负责人不认为郑富了是为了仓库安全利益被打，而是多管闲事，所以，不给郑富了报销医疗费。郑富了就写了情况汇报，托人反映到公司管理层。上面七拖八拖的，一直没有给个好的批复，不是说领导很忙，就是说领导出差，反正就是还没研究。郑富了郑贵了就给报社热线打电话，把打架地点巧妙移到仓库大门口，或者说仓库围墙边。记者很快来了，还给郑富了包着纱布的头，拍了大头照——本来医院早就要他去拆线了，说再不拆会有线结反应，线会长到肉里，更难拆。但是，郑富了和郑贵了都以为公司负责人"明天"就会下来慰问他，所以，为了现场效果，他们一致觉得再包一下比较好。

报纸真的发了稿，还配图郑富了的渗血黄纱布包头的照片。物流公司管理层非常不高兴，但是，迫于舆论压力，只好给郑富了报销了医疗费，然后，马上将兄弟俩辞退了。辞退的事，郑富了郑贵了气愤地又找了记者。记者说，唉，算了，上一篇我都被扣奖金了。批评报道没有采访双方当事人。我太相信你了！

郑富了说，我真的被开除了呀！好人落难了！你为什么不相信我？连带我弟弟也被开除了。他们这是对抗舆论、打击报复！后来，双胞胎拿着报纸，又到了几家公司、酒店做停车场保安。有一阵子，一身正气的郑富了还进了一个派出所当协警，才干八九天，警长嫌他脑子不清楚话又多，就不要了。不过，郑富了自己说是警长嫉妒他的勇敢。那个时候，弟弟郑贵了用一点钱外加一条烟，还是一包烟，买到一条二手警用皮带，成天威风凛凛地系着，尽量让人看到他有警徽的皮带头。这个皮带，郑富了向他借过几次，他一次也没有同意。气得郑富了就去天桥底下，买了一个逼真的假警察工作证，自己贴了照片，自己编了警号，经常拿出来晃，动辄高喊一声：站住！我是警察！总之，双胞胎一起迷上了社会警务管理，穿着保安制服，有事没事在人流密集处巡视，一碰到小偷、打架的，夫妻在街上打闹的，他们就出手。警察没来，他们就说自己是警察，警察来了，他们就说自己是保安。总归是积极又勇敢。

哥俩也经常在网吧巡视，看到未成年人，就严肃批评教育后赶走。因为他们的努力，那一片网吧，未成年人都不敢去。双胞胎说，有家父母还给他们送过"爱民如子"的锦旗——不知道真假，也不知道如果是真的，他俩又能把锦旗挂在哪里。再后来，郑氏兄弟发现西山漆树大公园有很多人玩纸牌，就是那来钱的小赌赌了。双胞胎认为很不雅观，影响社会风气，他们就经常利用下班时间过去劝赌。他们很耐心地一石桌、一石桌地巡过去，诚心正意地劝玩牌的人们把钱收起来，有时以治安联防联动的名义，要求公园保安一起去配合清理。公园保安以为他们是辖区公安的协警,也真的配合了好多次。大家都很认真工作。

在被管理者们厌恶又无奈的表情中,郑氏兄弟感到人生的朝气。虽然操心那么宽,时常也比较累,但虚拟的公权也是公权力,只要管理相对人以为是真的,那就是真的。有一次,在第九农贸市场,兄弟俩一起成功抓获了一名本地老贼。做完笔录,从派出所出来的失主姑娘,就感激地请他们吃大排档,还有青岛啤酒。那之后,兄弟俩都开始注重仪容仪表,最后都说姑娘对自己有意思。后来两人差点反目成仇,还好姑娘及时表态,说她对谁都没有意思。只是敬佩英雄。一直到双胞胎确认,姑娘真的再也不搭理他们兄弟的任何一个,他们才重新和好,恢复了义行天下的哥俩联袂。

他们还关注酒吧治安。据说有相当一段时间,在椰子湖的酒吧一条街,两兄弟经常深夜去巡逻执勤。他们着装整齐,出示警官证,认真维持酒吧秩序。看见未成年人,或者拿不出身份证的疑似未成年人,一律严肃教育后赶走。他们还会和酒吧保安交流治安动态,叮嘱保安多加留意不法分子。一直到辖区真警察有所察觉,出动整治,兄弟俩才闻讯慌忙撤出酒吧一条街。

再后来,他们无意中发现,有不规矩的人在湿地公园杂木林坡那边偷情。郑富了郑贵了当场出手,严肃质问男女：知不知道通奸是违法的？！男人就狼狈不堪地给他们敬烟塞钱，请求私了。双胞胎觉得这事也不是十恶不赦，烟和钱看上去也很无辜，他们心一软，就私了了。

看来公权力对人的侵蚀，比铁块生锈还容易。口袋有人家塞的钱，对自我、对事物的看法就多角度起来。后来他们注意到，只要关心社会风气，时不时地，总有不那么十恶不赦的不良男女需要法制纠偏。当那些男女用不正经的身形步态隐入杂树林时，郑氏兄弟就再掐准时机，鹰眼出击，十有八九，必定有违法事件，不辜负兄弟俩的严明执法。那个春夏，那个伤风化的专项整治，客观上改善了郑氏兄弟的经济生活。

还有一次，出租车司机听说他们是警察，执意不肯收他们的车费；后来，遇上知道他们警察身份，还收他们车费的不懂事的哥，哥俩就非常生气；再后来，他们追求规范化，一起购买了三百多元的假警官证（黑皮套上警徽非常真实），并开始随身携带盖公安分局章的治安罚款簿。对了，关于警衔，双胞胎有过激烈分歧。郑富了觉得自己是哥哥，弄个一级警司不过分，郑贵了不同意，自己出道时间、执法履历、精神风貌样样不差，凭什么警衔要低一等？最后，俩人决定一起授衔自己为二级警司，不过，遇到猞猁之后，什么屁警衔都没了。这是后话了。

再后来的一天下午，郑贵了看到成吉汉的车辆在逆行。

　　当日，兄弟俩受邀和小姨阿四一起过端午节。公交车还没有到芦塘站，就看着公交车走不动了，探身窗外一看，哇唔，原来百来远的前方，会展工地那边的地下管道爆了，三岔路口边，黄河之水，井喷似的有七八米高。道路被淹了。所有的车都慢了，对向的车也在满地浑水中，瞎子般地迟疑着。郑富了、郑贵了互看一眼，异口同声地对司机喝道：开门！我们去疏导！

　　兄弟俩非常默契，他们熟稔地奔跑到交通枢纽要害位置，各站一个方向，立刻指挥调度起来。三个方向的被困车流，就在他们的疏导下，绕着浑水喷泉，越来越快地流动起来，看起来很有序。兄弟俩所乘的公交车慢慢也路过他们，看到浑身溅满黄泥水的郑氏兄弟时，司机感动地招手：——哎，上来吧！

　　郑富了的整条胳膊抡得像风车，示意公交车加速通过，不要影响大车流。而郑贵了则做了个右转直行标准动作：快速通过！走——！车窗里的乘客就纷纷感言：哇，还好我们车里有警察啊。很多乘客对他们竖着崇敬的大拇指，一车的大拇指，渐行渐远。

　　芦塘水管破裂大堵车时，成吉汉和猞猁看到了，成吉汉就避开。他本来就是练车，人多车多就慌，没想到这一避却开上了逆行道。猞猁提醒已经来不及了。负责这边交通疏导的郑贵了，远远看到这辆逆行的车，就盯住了。反正堵点车流已经松开，他有时间迎着逆行车而去。他坚定地拦下了成吉汉的车子。敬礼。他示意成吉汉出示驾照。

成吉汉吓到了。他看着那个指挥交通的制服人向他走来，心就虚了八分。他本来就是买的驾照，野培都还没有完成，今天也是趁父亲开会，让闲着的猞猁带他出来玩两把新车。成吉汉下车，出示了买来的驾照，一直对郑富了赔笑。郑富了皱着大眉头，一脸严峻审视着驾照，说：违章逆行，罚款两百！他让成吉汉明天到城西大队处理。如果你没有时间，郑贵了掏出他的治安处罚本，也可以现场缴费，但是，你自己抽空要去大队事故处理窗口拿处理发票。

谁要发票……成吉汉小声咕哝着，唯唯诺诺地开始掏钱。

猞猁猛推车门，从车里出来。他一把夺回郑贵了手里的驾照，死死盯着郑贵了：给我看你证件。郑贵了看猞猁长发垂肩，一脸虬须，眼神歹毒鹰视，心里有点发凉，说，我是城西大队……

猞猁说，城西大队？吴大的人？郑贵了连忙点头。猞猁突然拧提郑贵了的胸口。成吉汉吓得忙推猞猁放手。猞猁却将郑贵了狠狠一揪提又一把推远，随之补上一个大脚：胆真大啊！诈到老子头上了！

远远地，郑富了气势赳赳地增援而来。一听猞猁质疑他们的警察身份，他张臂一挥：我们是新年快乐厂里的保安！正奉命配合警察疏导交通！你们是谁？！——昂！想干什么？！

戚——猞猁喷气而笑，笑得老伤发作，扶着路边消防栓，狂咳了好一阵子。

兄弟俩自投罗网了。

事后，成吉汉一直追问猞猁，你怎么一眼就看出他们不是警察？是什么地方露馅了？我看很像啊。

猞猁最后说，一、99交警服是天蓝衬衣，铁灰色不对；二、警察处理罚款，不可能私了；三、这里是城南辖区，和城西无关。城西吴大，是我随口编的。最后——这是你和他们都学不会的——真警察骨子里的自威自大的神气，很难仿真，就像伪币永远是伪币，成不了真币。

6

拉赫玛尼洛夫的包子

阿四，就是新年快乐食堂的煮饭的阿姨。

成吉汉和猞猁把双胞胎一起押载到厂里。阿四才听了三句半事发经过，就虎地起身，一个抡臂动作，啪！啪！掌心掌背，就各赏了兄弟俩一个大嘴巴子。郑富了、郑贵了一人抱着一边脸，狼狈尴尬地讪笑着。

猞猁无动于衷。成吉汉难掩得色。口哨，没错，他在一边吹口哨。他吹出的口哨是《威风堂堂进行曲》，这也是郑氏兄弟后来最爱吹的、唯一基本学会的西洋音乐。看来双胞胎在这样的旋律中，记打又记吃地获得了深刻的人生教训。成吉汉后来跟我说——他依然笑得要停下来换气——你不知道那对混蛋双胞胎，被阿四左右开弓狠抽的小样，有多傻、多好笑，他们根本不敢回嘴，一对灰溜溜的贱骨头表情，简直被阿四快打哭了，之前吓死我的假警察威风全打没了，真他妈笑死我了，要多过瘾有多过瘾！

后来阿四跟我说，我教训我外甥的时候，成少得意得就像个二流子，一点老板的正经样子都没有，人家猞猁还比他像个有头脑的老板。

阿四是新年快乐食堂做饭最好吃、也最有流氓习气的厨师了。她掌控了新年快乐上上下下所有人的胃。只要她心情好，她可以让大家的舌头和胃，像过年一样开心兴奋。她一不高兴，员工的饭碗都不保。阿四好色，不管男女，好看的，她都喜欢，而且习惯手动赏鉴。打菜是明显给好看的员工分量多。一个搞设计的年轻人，每次打菜，阿四都欺负他。年轻的设计师有一天爆发了：你！宫保鸡丁——没有鸡；土豆肉丝——没有肉；红烧排骨——只有骨头；好容易今天的青椒肉片有肉——操他妈的是洋葱皮！

阿四双臂交叉，从玻璃隔挡里摇头睥睨：长得丑还这么大声！

年轻人一磕饭盆，青椒米饭乱跳：长得丑就该吃得少吗？！

——不对吗？！阿四咚地一敲那个打菜的长柄菜勺，然后越过窗子，直接打击设计师的饭盆：没见过长得这么丑还这么神气的人！我早就看你不顺眼了——怎么样？！

那个年轻人真的气走了。不干了。父亲也不知道拿厨艺高超的阿四的流氓德性怎么办。还好我们那个小厂，一般都是抄袭按样打货，贴个企业LOGO基本完事，原创设计环节不是多么重要。阿四把父亲的胃，已经哄得不再经常闷痛返酸。以致我父亲后来一路征尘，儿子之外，最念想的就是阿四给他的小灶美食。但是，阿四的自以为是、阿四的流氓习气、阿四的溜须拍马、阿四对成少的疼爱、阿四南北通吃的手艺，都让我父亲对她不知所措。父亲有一次背后骂她，妖怪。

这个非妖即怪的人，就是那时我们还不认识的郑氏兄弟骗来的。她是他们的小姨。阿四是寡妇，还是终身未嫁，忘记了，反正她是一个人。据说郑氏兄弟的母亲死于难产后，双胞胎一直是这个小姨照顾的。他们父亲很快再娶，又生了几个，所以，双胞胎基本是小姨一手养大的。哥俩也只认阿四为母。后来说是太会吃，快把外公外婆家吃垮，就被阿四一起赶出农村进城打工了。后来，两人过年回到安徽老家，逢人就说自己已经考上警察，天花乱坠地吹嘘各种都市警匪亲历故事，村里的人都对兄弟俩刮目相看，请吃饭的人家都多了，饭桌上向他们讨主意、拿看法的人也多了。回乡一趟，俨然倍感尊严。

前些年，阿四是躲债还是躲人什么的，忽然就出来投奔双胞胎。辗转颠簸，托老乡找老乡，这个区、那个区，终于把双胞胎逮到，才知道这两个混账外甥根本不是什么警察，不过端一个朝不保夕的保安破饭碗，还成天管天管地管空气，经常被人揍，自己都经常吃了上顿愁下顿。

后来阿四好像先在父亲的一个生意朋友家做饭，没多久，那个朋友的老婆坚决要赶走阿四。说她不安分，乱翻东西，做个饭菜还偷开音响。那朋友说她做菜很不错。阿四就这么流落到了乡下的新年快乐任厨。

那个朋友没有吹牛，阿四做的饭菜，真的好；阿四也果然很漂亮。一张鹅蛋脸，低调地潜伏着颧骨，她要是不耍流氓撒泼，不暴突起她的颧骨和腮帮，还真有点观音娘娘的妙相。不过，她那宽褶子的双眼皮，和双胞胎一脉所系，经常让我觉得是石膏雕塑的眼睛，不好交流。

阿四巴结老成，也巴结小成。她对我父亲是敬畏，对成吉汉更多是疼爱。成吉汉对阿四也不薄。可以这么说，少主面前，阿四更猖狂了。有一次，她做的粉蒸排骨没有熟，食堂一片郁闷蛙声。阿四辩称是那天十一点多放的音乐不对；成吉汉居然就查那个时间点厂里的广播系统音乐，一查是《肖斯塔科维奇的钢琴三重奏》，成吉汉哈哈大笑后表示，那个音乐的确不合适蒸熟排骨。成吉汉宣布：以后阿四蒸排骨，音响室绝不许播放肖氏钢琴三重奏。阿四是很能顺竿爬高的，立刻说，前天下午的曲子，非常合适蒸粉丝包子——那包子你不是说非常非常好吃？就那个声音好。成吉汉让人马上播放阿四说的前天下午的音乐。拉赫玛尼洛夫《帕格尼尼主题变奏曲》一出来，阿四就腰杆挺直，一脸怎么样的自得神气，仿佛那音乐就是为她蒸包子谱写的，没有听完，成吉汉就跳起来了重拍阿四的肩。没错！成吉汉指着空气中看不见的旋律，说，你对！我看到了，好吃的包子，就是这样熟的——纯美的、白色的水汽袅绕中，它们——慢慢、慢慢、慢慢变熟的——淡淡的忧伤在蒸腾，热腾腾的炊气，散发着包子的复杂的美好香味——成吉汉嘎嘎咕咕地狂笑，看不出真言戏言，匪夷所思的魔怔，令周围侧目。

看起来成吉汉二百五的江湖名声，也不全是空穴来风；那个阿四，据说还声称：巴赫的《第三勃兰登堡协奏曲》（她始终不懂也不屑记曲名）最合适她的大炖菜。这是一道我哥哥在冬天特别爱吃的大杂烩菜。对此，成吉汉也推波助澜——嗯啊——勃兰登堡协奏——什么都丢进去，什么都在锅里歌唱，没有——再也没有比大炖菜更和谐、更美好的世界啦！

之前，阿四放言：天下好吃的菜，只有两点秘密，一、准准的时间，二、准准的盐。现在，她可以加上，准准的配乐。她说，每一个菜，只有独一的、刚刚好的时间，刚刚好的盐。找不到它，你就不会做菜！这样看来，还要加上独一的、刚刚好的旋律——真是一个猖狂的女厨子。

本来，成吉汉升级全厂广播系统的时候，并没有考虑给一楼简易搭盖的小食堂配音箱。没想到，阿四不干。成吉汉说，我主要不是放流行歌曲，阿姨，你听不懂的。

我当然懂！阿四说，流行歌曲我才听不懂！

成吉汉说，好吧。老天爷。

有一天，在城里，在我们家的饭桌上，成吉汉说，阿四阿姨有一个古老的音乐灵魂。父亲的女友说，谁？父亲说，一个妖怪。

大约十多年后，父亲嘴里的妖怪，嫁给了一个德国汉学家还是什么专家，这一节传说有点模糊，但是，我完全相信阿四拥有不同寻常的、嘉年华一样永恒的生命轨道，以她的机智和天赋奇葩，相遇一个跨国音乐知音，加一个疯疯癫癫的中国菜迷，她出奇制胜大放异彩地为国争光，也不是太匪夷所思的。

7

你 试 试 看

每年6月到9月，都是新年快乐最忙碌的赶货时候，厂房灯火通明员工加班加点是常事。但9月之后到过年，就不那么忙了，这种松弛可以持续到开春的三四月份。也就是说，扣除夏秋两季，工厂就比较闲，季节工也都会离去。要不是我父亲被暴利的房地产拐走，原计划就是开始考虑强化自主原创设计的，就是说，其实那时，我父亲已经不满足于单纯的看样加工。

成吉汉、猞猁、双胞胎四人在幼儿园血案大显身手的时候，就是新年快乐的淡季。因为年关，很多外口，或者不安分的人们，习惯性地捞一把猛干一票，回家过年，治安形势就季节性地比较严峻，路扒车扒，路面两抢、入室盗窃全面高发。新年快乐有一年，就是在年关时节被入盗过。所以，保安在淡季也不能松懈。而这帮"伪币"，因为郑氏兄弟、因为边不亮的到来，在成吉汉的直接领导下，治安巡逻的范围日益扩大。尤其是双胞胎来了以后，带来了99警服的迷幻。成吉汉没想到，网购的、黑蓝色的99仿警制服，竟然那么威猛帅气。他给保安们还配了黑色马丁靴，整得就像机场特警穿的那样，一彪人马跑过去，简直就像特警飓风行动。他们沾沾自喜地把我父亲的那辆创业旧车，喷上了"治安巡逻"大字，车里还有一个不知道哪里弄来的不会亮的警灯；在他们企图把臂章"保安"字样换贴"警察"字样时，被猞猁喝止。

猞猁说，他妈的你们先读读《警察法》36条好不好！

成吉汉说，上面怎么说？

——警用标志、制式服装、警械、证件为警察专用！其他个人和组织不得持有和使用。违者可处十五日以下拘留或者警告，构成犯罪的，依法追究刑事责任！

保安们一片扫兴的嘘声。知道猞猁不会胡说八道，成吉汉情绪便很郁闷低落，他以为他能说服猞猁：我们又不干坏事，谁都知道，我们就是想帮帮警察的忙嘛！

猞猁说，警察不需要。

郑氏兄弟看出成吉汉心不死，又趁势轮番进言，说，头，不然我们再买一套，我们就直接买那种臂章、领花、胸号、帽徽、警衔都齐整的，根本不用我们改。就是贵一点，但看起来跟警察真的一模一样！非常带劲！

猞猁说，你试试看！

这事才暂时按下。幼儿园血案大得民心成为江湖传说后,这一伙"伪币"乱真的心,就再没消停过了。他们膨胀得不行,也锐气风发得不行,恨不能铲平天下所有不平事。后来不知道谁,又偷偷搞了个旧警灯,安放在大门口传达室顶上,这破警灯,比他们"警车"里的那个好,就是有时会亮一下,有时它几天都不亮一次,有时一连几天,闪刮着红光不眠不休。这就非常好了。猹猁极尽嘲讽挖苦:你们干脆去芦塘派出所问问,能不能把他们的牌子直接扛来,挂在我们家保安室门口去。

有了幼儿园的英雄业绩做底,这帮人就把新年快乐的淡季过成了旺季。保安队本来每天绕厂围墙跑步出操,有一个也爱见义勇为的包装工,据说曾经干过消防预备役还是武警退伍兵什么的,喊一二三四的操练口令,特别威猛,简直喝声断砖,很有威慑力。

每天的晨光与夕阳中,"伪币"小队就在新年快乐厂子的古典音乐中,操练奔跑,朝气蓬勃地吐纳暮色、曙光;幼儿园血案之后,他们把操练范围自行扩大到快半个芦塘辖区,好像他们跑多远辖区就有多大似的;还增加了黄昏、深夜操练巡逻。在芦塘,人们大概时不时会遇上这伙着装整齐,中气十足,喊着一、二、三、四跑过人群的家伙。人流越多,他们的胸脯就越高,步伐就越铿锵,一!二!三!——四!有力到听不清,反正打桩机一样声震寰宇。比那些理发厅、足浴店的小弟小妹呐喊游行得民心多了。所以，我就不相信芦塘警方没有看到这帮抄袭者、没看到这帮粗看是同行，细看是二百五的保安们。也许，警察也明白，这群"伪币"操练式的巡逻行为，客观上是能营造辖区安全感的，对于不法之徒，也是有一定威慑作用的。从这个意义上理解，也许，让人傻傻分不清真假，也未必是坏事。毕竟群防群治，收益的还是老百姓。

这支威风盖天的操练巡逻的队伍里，不会有成吉汉和猞猁。成吉汉非常爱去得瑟，不是囿于自己是老板，而是顾虑于自己腿部形象不佳有损警威。尽管猞猁挖苦逗弄说，警察也有负伤的啊，没关系的啦；成吉汉还是坚决维护自己心目中的警察完美的形象。猞猁是根本不屑加入，他从来就看他们像小品、闹剧精，尽管他是分管安保工作的，但他只对少主安全负责。

有一天傍晚，新年快乐的巡逻队在农贸市场口（芦塘很多人都是下班才到晚市买菜）巡逻中，正好听到有人喊，抢钱啦！是摩托车抢包组合。这伙人戴头盔，力量大、速度快，非常凶猛，又捕捉不易；那个死不放包的壮女人，被抢夺的摩托车拖行了，包带断了，摩托车晃了一下。就那个瞬间，边不亮以惊人速度飞越绿篱冲向辅道，他的短警棍，直接打下了摩托车后座的抢包者。骑车者在摩托的剧烈摇晃中，恢复平衡，飞速逃远了，而落地的抢包人，还没有站稳,手上就挥着匕首。

那场格斗,边不亮的小鱼际也被划了一刀,整个手掌血红。挎包刚刚夺回,没想到,那个同伙和另两辆骑摩托的抢夺组合汇合了。五人三车,竟然又气势汹汹杀回来营救同伙。新年快乐四个保安,对五个亡命之徒(其中一个甩出三节棍,一个有西瓜刀),一场激烈的鏖战。新年快乐的保安本来就训练有素骁勇善战,后来一个正吃面的小伙子,挥着小吃店长凳也增援进来。出手抢包的劫匪和一个小个子的同伙被铐住了。他估计腿断了,坐地抱腿号叫,不用铐也跑不了了。另两个带伤逃走了(后来相继被警方追逃捕获,他们有个组合,就在同日,撕抢一女子大金耳环,撕得那女子满脸是血),而新年快乐的保安也基本都挂彩了。据说,那个壮女人,抱着边不亮的双腿和自己的人革挎包,跪地猛磕头。说她刚刚取了钱要回老家过年,那里面是她两年没回家挣下的血汗钱。那个女人一一给这伙"伪币"鞠躬,她说,谢谢民警!谢谢恩人!最后,她对那个持面店长椅参战、嘴角还有一抹花生酱的小伙子也深深鞠了躬。她原话说的是——你和民警一样好!

那一时刻,大概假警察们和真群众,都一样心潮起伏壮怀激烈。

先到医院处理完伤口,再到派出所做完笔录的巡逻队员,最后回到新年快乐厂大门时,已是黑沉子夜。那是新年快乐保安队受伤面最大的一次。

一行挂彩的、疲惫的小队伍一进厂大门，忽地，新年快乐四至的白色栅栏内，大小灯齐放光明，维纳斯喷泉狂飙。阿依达的超长小号在夜空穿云裂雾，连接天国。光辉而磅礴的音色，让小小厂区，神迹般壮丽辉煌，是的，整个厂区，高分贝地响起了威尔第的《凯旋进行曲》。在那个夜晚，在那个远离市区万丈霓光与红尘之外的乡镇一隅，在那个月光隐约、夜色清幽的郊区厂房，辉煌的音乐，瞬间成就了天上人间的光辉遗址。音乐里，从天而下的金色高光，打亮了那天地间、唯一的乡下舞台。

我早就领教过成吉汉音响系统的威力。

小灰白楼上，成吉汉扶栏伏立，他眯缝着眼睛，注视着楼下他那支归来的小小队伍，就像为自己的梦境在变现中散发出奇异光芒所迷惑。海市蜃楼般的神祇之城，在大地的睡梦中超凡崛起。他咬着嘴唇，他死死咬着嘴唇，悄无声息。在那一双眼睛里，厂区草径上走来的不是小小的、零落的保安队伍，而是沃野千里中的万马千军，他们行进在无人觉察但威武豪迈、磅礴恢弘的金属般的时光里：

欢迎你，复仇的英雄
英雄之路，鲜花洒满荣光
向至高无上的神灵，奉上感恩之情

伟大的埃及光荣

合唱的人声来自时光深处,叠加了世代人类的声音,仿佛是人类通用的语言,悠远模糊,它们在颂扬英雄凯旋,在感恩上苍,它们在歌颂黑暗中人们看不见的坚定意志与血染风采。一整排高亢激昂的阿依达小号,气吞河山连天接地,统摄万载。在成吉汉的眼里,那些疲惫的、走向阿四食堂的身影,简直披着金色的光芒,犹如众神归来。

据说猞猁那一瞬间也心潮暗涌。也许,是成吉汉选放的音乐太有光辉感,太有煽动性和澎湃力了。猞猁不太看下面的小队伍,他呆望着淡淡残月与寂寞天边。一天又快结束了。极目而望,兀自光辉蒸腾的厂区之外,环闭着迷蒙浑沌的暗。那黑沉的暗,晕染漫漶,无界无边。猞猁也没有扭头看成吉汉,但有人按搂了他的肩膀,然后,他被那条胳膊用力地侧搂了一下。猞猁依然没有转脸,也不用看了,肩头上,成吉汉的掌心在不节律地颤抖,也许是轻微痉挛。猞猁知道,身边那悄无声息、轻微痉挛的影子,一定是泪流满面中。

天亮就好了,旋律停下就好了,发作之后,大地、人心都会慢慢复苏。

猞猁独自下楼去了,他去食堂。

成吉汉也会下来,在餐桌边,他照例要重听一遍手下的浴血经历。虽然电话里都知道了大致。但他一定会重新听一遍，会不放过任何一个细节的再听，甚至默许他们神武的渲染与夸张。就像得到一个大骨头的狗，他一定要把骨头统统咬碎、咂透，星星沫沫都不放过。

伪币们照例夹叙夹议眉飞色舞：所有的挂彩，都是勋章。双胞胎手指被扳断的那个，在从厨房开始，就隆重举着伤指，就像举着一座纪念碑，一直跟阿四危言耸听地渲染回放各种惊险时刻。

猞猁吃着消夜，照样一脸不协调的淡漠和不屑，但他脑子里还有残余的旋律未消退，他心里也有数：人生也许就是如此吧，总有绚丽的七彩气泡在飞；总有人只为生命的荣耀而战，总有些傻瓜，一辈子目光远大，只看到远方诗性的光芒，永远看不到自己一脚狗屎。

新年快乐保安办公室的主墙上，贴的标语是：让好人笑，让坏人哭。一个字有足球大。两句话的中间，是一把喷火的金色手枪。喷火的方向对准"让坏人哭"这一句。谁贴的，无人答。谁题的字，也不知道。我估计八成就是成吉汉那个二百五干的。

再后来我路过，看到喷火的手枪下面又有一行歪歪扭扭的幼稚小字：比警察快，比警察猛，比警察帅。再后来，那行字又不见了。这我就猜不出谁干的了。

我只知道，那个事件之后，成吉汉为他的"伪币"们，花去了不少医药费、营养费。新年快乐成了"伪币"们的提款机。我不知道猞猁是怎么完成汇报的,老成不可能不生气。反正那次之后,成吉汉听从猞猁的建议,开始考虑给他的队员买意外伤害险。

但那个夜晚,猞猁应该是被触动到了什么软点。据大家回忆,猞猁后来经常让音响室播放威尔第的《凯旋进行曲》。他甚至染上成吉汉的恶习,喜欢的就连续循环。播放得那些不喜欢激烈音乐的工人都快哭了。

8

伪币

二十年后的今天,芦塘已经是完全城市化了。但那时,二十年前的它,只在城市化的初级进程中,相对今天,那时的芦塘小镇,一派贫困、杂乱、无序而生机盎然。很多城市化的基础设置、机构配置,都在应对人口快速增长的疲惫招架中。

那个乡镇小派出所,本来只是个二层楼的破旧小板房,一下大雨,就多处漏水。后来的一栋砖混三层小楼,还是我父亲同期所在的、后来提拔到分局政治部门的那个能干所长召集芦塘豪强们开会又开会之后,在原址起建的。前坪院子里的水泥硬化、花圃绿化、便民宣传栏,都是新年快乐工艺品厂额外赞助的。三名警察两名协警,一名警员至少要服务四五万人口。看着快速膨胀的暂住人口和驳杂纷乱的治安形势,他们常常会想哭。幼儿园血案出警的那名指导员,在血案之前的一次追逃中,腰部受伤,一直不能恢复如常。采集人口基础数据的琐碎艰辛，使他非常渴望能尽早使用电脑，尽快数据化，但是，他们的办公室连空调都装不起。所长室的空调，还是一家公司赠送"破案神速"锦旗时，顺便附送的一台旧窗式空调机，一开启，就像发动了拖拉机。所以，遑论电脑化了。而那间西晒的讯问室，一入三伏，常常是警察和被讯问人，一起桑拿似的汗流浃背问答，风扇呼呼转出的都是暑气满满的热风，双方就差互相伸舌头散热了。

幼儿园血案还有一个背景前提。大约是四五个月前，火车站到芦塘的26路公交上，扒手案件持续高发，有一个失主居然在车上被扒三万多元。当时是巨款。警察很生气——生乘客的气：长不长人脑？——这么多银子，居然舍不得打的？！明摆着是侮辱小偷车扒的执业操守嘛。有目击者说，扒手是一伙多人的，有刀。刑侦的专业反扒大队哪里坐得住，就开始跟26路车。当然是便衣。26路车，一般一天发车三十一趟。那天，好不容易两个盯了四五天的便衣，逮住了一个现行扒手，没想到三个扒手跳窗而逃，便衣和便衣协警，分头猛追了一千多米，其中一个扒手摔倒。那家伙嗷嗷叫，挥刀威胁警察不许靠近。警察举枪命令他放下刀。那扒手竟一个鲤鱼打挺扑向逼近的便衣。事后有同伙说，他们一直认为便衣手里不是真枪，或者坚信警察不敢开枪。总之那扒手疯狂无畏地挥刀扑向警察。枪真的响了。扒手倒下了。当场死亡。

我父亲说,开枪警察脸当场脸都吓白了。他们非常清楚,这下麻烦大了,近距离开枪,是什么情况?——先说清楚来。赶来的纪检组警官、检察官、媒体记者都一眼看出,火药痕迹还在扒手脸上。开枪的警察磕磕巴巴地解释说:是他扑我的枪口,我并不想射击。这个开枪经过,他必须做无数次的详细陈述,反扒队负责人也要无数次向上级或有关部门汇报,说明开枪情况,由上级各环节的火眼金睛们,仔细推敲分析,最后再出结论。

我父亲说,那开枪警察还是被处理了,不过比较轻,但许多一线警察已如惊弓之鸟,本来二十四小时都带枪的反扒刑警们,更是不胜其苦,视开枪如畏途。再后来,听说全国各地的警察,带枪出警都要严格审批;领导们出于全盘的稳妥考虑,一般也不轻易批准带枪出警。人民警察爱人民,暂时分不清开枪条件,就不要贸然开枪。而警察们为了减少自身麻烦,更轻易不带枪了。那个幼儿园血案也好,26路车击毙扒手案也好,总之,新年快乐的土八路横空出世的时候,就赶上那个警察为求稳妥、自降武功段位的特殊时期了。

据说芦塘辖区警官心情复杂。时不时地,新年快乐那帮狗拿耗子的伪警察,就把车上扒手、商铺小贼,还偶有路边打劫的、抢夺的、套铅笔圈诈骗的,统统"扭送"到芦塘所——正规军做笔录、跑审批,也是很辛苦很费时的——芦塘警方还不止一次亲耳听到这帮家伙以警察口吻对歹徒们威武训斥。他们避过警察,偷偷使用手铐、警棍等警具。这帮热情澎湃的土八路,吸毒似的心痒手痒,忍不住地就想偷动警察的"奶酪";芦塘警方也一眼看到他们的警用皮带、黑皮鞋,还有差点乱真的仿99式保安制服。只是,面对真警察,这班梦游者,从来都规规矩矩地承认自己是保安(也许后面有高人指点),一口咬定是路见不平,依法"扭送"坏人——那怎么着?人家不僭越,不胡来,就是血热脑热,见义勇为,追寻一点替天行道的正义情怀;人家拼着吃奶的小力气,那么流血流汗流泪地扶正祛邪,还一毛钱都不要,钱啊、命啊,也都可以忽略不计——春节假日,每个被排值班的警察都痛苦万状,恨不能在万家团圆的日子里,陪伴父母妻小,可是,这些反扒志愿者,龙腾虎跃拔剑四顾,就怕你不排上他的执勤时段,从来无需分文,个个无怨无悔。你说,芦塘警方心里怎能不复杂?

  直到年关那起制服摩托抢夺抢劫帮的英勇群伤,芦塘所所长感动之余,专门让内勤写了份汇报材料,报告给分局领导,郑重介绍了芦塘辖区有这么一群热心综治的积极分子。所长觉得这种自发的治安热情不宜伤害,如果疏导得好,也确实是造福一方的群防群治力量,是否就干脆引导扶持这支综治志愿队?在分局领导又请示市局领导之后,公安认可芦塘所这个想法。

这样,一个风和日丽的下午,在新年快乐厂门口,分局领导出席了芦塘"反扒志愿队"成立的挂牌仪式。一边是警容整齐的正规军;一边是着黑色特勤服、大头黑短靴的威武保安。分局领导以人民的名义,感谢新年快乐保安的一身正气和勇敢奉献。最后,领导严肃地指出,反扒志愿者,只允许以志愿者的身份活动,绝对——不许假冒警察,严禁——严禁使用警械等任何违法行为。

从此,新年快乐工艺品厂门口,就多了一块"芦塘青年义务反扒志愿队"的牌子(我父亲每次路过,一看到就翻个白眼)。媒体一报道,一家保险公司闻讯而来,给反扒队员,赠送了保额合计二百万的意外伤害险。保险消息也跟着见了报,效果应该比花钱的广告好。这就是全市反扒志愿者的雏形。这个志愿者反扒队伍,后来一直在全市各区成立并壮大。据说2017年左右,也就是车辆监控布满全市公交车辆之前,本市反扒志愿队伍发展到五六百人,很多支队伍。还有一个女子中队。我看到一个报道,当时是截至前三年吧,全市的反扒志愿者"扭送"的扒手,有一千三百多人次。数目挺惊人的。而那时,成吉汉早已退出江湖。那些轰轰烈烈的光大者,大都不记得最早的原点了。

新年快乐反扒志愿队成立后,终于"入编"、师出有名的成吉汉,不知怎么和芦塘所的所长开始了很深的警民鱼水情。他比我父亲出手更慷慨,先送了十箱雪碧可乐,后来干脆替芦塘所安置了两台矿泉水机,还问人家要不要一套广播音响。人家所长笑着谢绝,说,嗐!什么音响,我们更需要的是改善基本办公条件!我们这小所,一年的办案经费,人均才几十元。奖金、补贴、燃油、车辆维护、临时人员酬薪、日常开销,全部要自筹。上面给的是政策扶持,就是户口政策,但人家不怎样爱买乡镇户口嘛!你以为警察待遇多高,我一个小所长,月工资加津贴,不过三千多!一年五万上下。成吉汉非常意外。猞猁一听就懂。他早就注意到芦塘所的警车是个三四万的奇瑞,而且是至少开了四五年的破车。后来,成吉汉就送了两台变频空调。办公室的秘书还给空调用红绸缎扎拉了一朵大红花,搞得跟结婚陪嫁似的,敲锣打鼓送到卢塘所。

不仅如此,作为志愿者,新年快乐保安们还经常和反扒刑警配合,深入社区、深入校园去现身说法,宣讲反扒知识。据说,成吉汉在外语中学(市名校第三中学)有过一个尖峰时刻。他演讲的是和猞猁一起讨论出的"反扒秘笈",穿插的故事,真实又精彩,氛围活泼;双胞胎和边不亮演绎扒窃动作,过程生动有趣,充满黑白活力,学生们听得血脉偾张。据说有个奔放的漂亮女生,代表她自己上台，向成吉汉献上了吻臂礼（抑或是吻额礼什么的，这点，双胞胎讲得很暧昧模糊）。整个反扒揭秘讲述，成吉汉从上台到结束，表情都挺窘迫，这点我相信，这是他平和外交的惯常神态，是从小就有的、那种带着羞涩感的喜悦与友善。总之，成吉汉那天的讲述，让整个教室的学生不断跺脚尖叫；很多学生回家就跟父母家人讲扒窃故事，然后传授，什么公交车先下后上不仅是教养，更是反扒策略；什么单独乘车不打瞌睡、手机不挂胸口、不放外衣口袋等等反扒理念及实用知识；好像还编有一个反扒顺口溜，我记不得了。

新年快乐志愿者全力以赴的奉献，让芦塘小所的全体警员（含临时工）都很感动。警方无以回报，知其所好，所长还是指导员主动回赠了一条自己用旧的警用皮带，还有两件警察黑色T恤，其中一件新的，胸口还有POLICE的小字。指导员千叮万嘱地说，都知道你们是做好事，但是，真的但是，做个纪念就好——千万别用出去啊！

成吉汉一拿到警察黑T恤和皮带，当天就穿上、系上了。估计衣服还带着前警察的执法汗味。他在工厂的玻璃墙面、车门玻璃，在城里、家中的大小衣镜前，商店的不锈钢大柱子前，在每一个能够反映镜像的墙面，都顾影上下，沉湎于自己的警心警魂。只要没人，或以为别人不注意他，他就背摔、叉腰、射击、勾拳，做各种瞬间威猛制敌动作。而且那件 POLICE 字样的黑 T 恤，他几乎就是一干就穿，就像他小时候的那件被我父亲剪碎的小警服。

这些礼物的获得，让他有了彻底碾压双胞胎真假不定的警用皮带的优越感：看清楚！成吉汉说，你们好好见识一下什么叫正品——什么叫百分百真货！

9

奥芬巴赫的葱丝

有了警察的支持，这伙"伪币"的群体人生就更荡漾了。如果不是猞猁时不时泼冷水、时不时威胁警告，我真的不知道成吉汉他们会行进怎样的除暴安良的疯癫传奇。警方有言在先，要求他们在"扭送"坏人的时候，严禁自称警察，只能亮明群众身份：我是反扒志愿者！但是，双胞胎永远只说：别动！我是反扒的！语气比"真币"还威风强悍。

双胞胎只怕两个人，一个是阿四，一个就是猞猁。有一次，他们接受小偷贿赂被边不亮看见。一回厂子，猞猁二话不说，劈面就大打出手。双胞胎偷眼看成吉汉脸色阴沉，知道瞒不过了，就替小偷辩护。那个女贼扒手，也算是扒手界传奇。市里的反扒支队都知悉她。从小偷到大，因为姿色不错，一到婚龄就被一个家里还有点地位的好人家娶走了，但是，女贼已经断不了行窃的快乐。而双胞胎也已经不止一次逮住她后放行,也就是说,不止一次受贿。猫和老鼠已经进入一个双方默契的互助互益循环。双胞胎异口同声地说,她是有小偷病。是病人。我们所以这样,是为了保护她的家。哥俩还说,人家都怀孕了啊……

真侠义!猞猁冷笑说,还他妈铁血柔情呢。猞猁根本不信任双胞胎,他甚至说,抓住一单就意味着你们隐瞒了七单。鬼知道猞猁是怎么算出来的,他和双胞胎关系不好是明摆的。但是,阿四偏偏喜欢猞猁。阿四一眼就看出老成小成对猞猁的倚重,给小成弄小灶,经常就连带着给猞猁也做。反正他俩经常同进出。阿四让小成和猞猁都假称胃病,这就杜绝了郑氏兄弟的妒忌。猞猁也由衷激赏阿四厨艺。听说有一次,他为了讨教阿四怎么把蒸鱼葱丝切成头发丝的长条,真的去音响室,一首一首为阿四寻找她想听的那段曲子。因为阿四不懂也不记曲名,又已时隔数日,是不容易的回溯寻找工作。但是,猞猁真的找到了阿四所要的奥芬巴赫的康康舞《巴黎人的欢乐》,然后,阿四就在厨房的案板边听,听满足了就长叹一声,说,就像是偷来的舒服啊……没事就多放放这个吧,日子好过。然后,她就手把手秘传猞猁,先把长葱段一根根像筷子一样平摆,然后把大生姜片压上去,之后再极细地切姜丝,姜下面的葱就自然成丝了。猞猁佩服得五体投地。阿四还教了猞猁用竹笊与面条同捞,怎么把握火候调味汁,做天下无双的竹荪干拌面。阿四说，不知道哪个女人有嫁给猞猁的好福气。知道猞猁喜欢的女人爱吃鱼，阿四又传了一手，悬空蒸鱼。蒸鱼的时候，鱼绝对不能平躺在盘子里，否则贴着瓷盘那一面的鱼肉不好吃。必须直接悬放在筷子上蒸，最后才装盘，再淋油浇汁，那才美味。

　　正是这样，从不跟"伪币"们上路除暴安良的猞猁，第一次到路上抓扒手，就是为了阿四。当时，她是去邮局汇钱给她哥哥，她父亲刚刚查出肝癌。临到柜台，她发现自己的包已经被人割开了，画报纸包的三千块钱不翼而飞。阿四在邮局又哭又骂，咆哮整个芦塘大街。邮政所门口树下的一个修鞋匠说，不要说我说的。最近有三个男人一直在这一带转，用刀片，用这么长的医院镊子，偷过了很多人。报警也没有用啦……

　　那时，边不亮刚刚加入。反正那一阵子，新年快乐的伪币们，正是怀才渴遇、替天行道的高烧期。他们掩饰着自己的炯炯目光，自感灵活又机智，FBI似的，天天穿梭守候在芦塘邮局那一带。猞猁、成吉汉也一样都是草民便服。猞猁教大家怎么游手好闲又不错眼珠地干活。有一天，有个外地供应商要和成吉汉见面谈个新材料项目合作，成吉汉依仗权位，命令猞猁出面负责接待，自己依然坚持伏击在擒贼第一线。奇怪的是，那三个嫌疑人，好像再也没有出现。双胞胎去找鞋匠发火，踹人家的脏脏的补鞋缝纫机，说，你他妈的是不是出卖了我们的行动？！

修鞋匠挥了挥剪皮子的大剪刀，示意他们滚远一点：再踢！！鞋匠骂道——什么东西！最近城管多，你们瞎了眼吗？他们换地方了，怪我啊？！

那一次的失败，阿四倒没有损失。伏击不到窃贼的成吉汉，郁闷之下，对垫给她救急的三千元钱，气急败坏地表示，不用还了！

阿四倒是当场撸起袖子，说，走！我亲自跟你们去抓！！

阿四当然没有出征，她必须好好做饭。倒是猞猁第一次站在小黑板前，给新年快乐的保安上了一堂反扒课，包括跟踪与近身擒拿技巧。他说，你要会识别眼神，扒手不会像乘客那样关心乘车时间和线路，他们会盯着乘客的拎包、口袋，还会警觉地四处张望，防范是否有人监视跟踪；其次是辨别举止。小偷在车上会贴近或故意碰撞目标对象、喜欢起哄制造拥挤混乱，借此触摸受害目标衣兜等；车来了，他们挤完了却并不一定上车，或者重复乘坐一条线路，还要注意观察——手上往往拿着塑料袋、过期杂志、外衣搭在手臂上、热天披厚衣、晴天拿雨伞，或胸前挂瘪瘪的大包；这些都是行窃的掩护装备；最后，猞猁说，邮局那几天有个我叫大家注意的人，不就是天热还把长袖袖口捂紧的人。而那些医疗用的、二十厘米的长镊子，往往就藏在袖子里。

哼，那不是屁也没有抓到？！郑氏兄弟嗤之以鼻。他们觉得自己是专业保安，懂得比一个破司机多得多。所以，猞猁再传授什么跟踪技巧啊、抓捕时机啊、证据保存啊、行动配合等等等等，双胞胎就觉得真是好笑。双胞胎各自抖着二郎腿，还不时成功地交换对方意会的鄙夷目光。

边不亮倒是很专注听，瓮声瓮气地多次恳切发问。

你说那医用镊子缠胶带，我不明白，是什么胶那么黏？

双面胶。猞猁说，它缠在镊子尖上。扒手夹取物品的时候，防滑。有时在手持处，他们也会缠黑色的电工黑胶带。都是为了防滑。

边不亮说，上次那个扒手，我明明看到他把得手的手机放进裤袋，可我一扑过去，裤袋就是瘪的。当时我就纳闷了。现在我才明白了，我并没有看错。

对，他们的裤袋会故意剪破，让赃物滑到裤管。你那次，如果不是旁边有人突然拔腿就跑，使你一分心就让已经逮住的这个溜掉了——如果你不为所动——那你就会在他裤管底，找出那个手机。突然跑开的扒手，就是在制造掩护同伙的假象。他们成功了。

边不亮说，你怎么知道这么多？

猞猁还不及回答，双胞胎就胜利地大喊：

——前世是贼！双胞胎默契地呼喊着，互相击掌狂笑。

自以为是的双胞胎，后来为自己的妄自尊大差点付出小命的代价。大的还是小的，就被那种二十多厘米长的医用长镊子，在胸口戳了一个洞。不过幸好被边不亮挡了一下，窟窿不深。在医院清创后打了消炎针，都没怎么缝针就放回来了。据说，他俩是高唱着"金——色——盾——牌——热血——铸——就——"从医院得意洋洋地浪步回来的。

10

色

大概没有多久,新年快乐的保安队伍发生大"地震",也就是双胞胎双双要求离职。他们可能感到非常悲壮、无比悲愤。据说,去成少办公室递交辞呈的时候,他们中有一个——我不知道是哪一个,一路眼睛里都含着泪花。

起因是猞猁。直接起因是来自贵州的一个女扒手团伙,号外叫飞天团还是什么团的,连父亲都听他的警察朋友说,那团伙在江湖上名气很大,说是个个年轻漂亮、身手灵活。她们就像龙卷风一样,边偷边旅游一个城市,席卷一大笔钱财,又像龙卷风一样消失,再联袂造访另一座富裕城市。不过,猞猁后来对我说,也不都是美女,团伙里也有男贼。

那天我和父亲都在上海。那一阵子,接连几件事让父亲很生儿子的气。先是一个女业务员带着几个大单子,叛逃到了竞争对手武大郎的公司;这事,成吉汉跟我抱怨过,说那女强人一直要加提成。她已经比一般业务员提成高了几个点，所以，我也不支持他再惯她；父亲是欣赏那个女业务员的，他认为问题是儿子留不住人才；成吉汉还一直建议搞文创研发，无心恋战工艺品的父亲，已经不想在原创上再浪费钱，又觉得儿子从来都是败家精，非常不屑，一聊这个话题，成吉汉就会被痛骂。

　　记得那天，我一早就给成吉汉打电话祝他生日快乐，顺便问他生日怎么过。成吉汉说，大家会提早下班，进城去小城春秋边吃边唱卡拉OK。他们一伙本来开两辆车就进城了，但是，因为成吉汉戏言，说，一人给他捉一个扒手，就是送他最好的生日礼物。那伙二百五，就真那么计划行事了。那个下午，他们分乘黄色中巴和公交车进城去。

　　那时候，路上很多招手即停的私人营运中型巴士，更早一步走的办公室的女生们，是坐中巴走的。慢一步出来的保安们，等来了直达小城春秋KTV的17路双层公交车。边不亮戴的是波波头假发，最近他很喜欢成吉汉送他的这一顶。他上身是黑白条纹的男友款大套头衫，下面是热裤，热裤下是过膝的绒面弹力靴子，平底、黑色的，看起来是个帅气的漂亮女孩。等车无聊的时候，郑贵了蹲下来，触摸他靴子上沿的腿部。边不亮收腿就是一蹬，可能那一腿太重了，郑贵了后矬坐地，捂着被蹬的颈窝根本站不起来。哥哥郑富了过来就猛推边不亮，被猞猁一把架住。郑贵了缓过劲来，咒骂道，妈的个半男女！我只是想看看那到底长不长腿毛！

来，边不亮说，你再来！

郑贵了不敢，但是继续咒骂：声音是个老树皮，大腿像他妈的兔子皮！

狲狸不阴不阳地笑。郑氏兄弟不敢再造次。郑富了把弟弟猛提起来，动作很粗暴，他怒骂郑贵了手贱，那副憎恶厌烦的教训脸色，能明显看出是在指桑骂槐地发泄。也就是说，那天一出师，双胞胎就不高兴了。

把客户打发走的成吉汉往站点赶来的时候，17路正好在慢慢靠站。为了消除瘸腿的不平衡感，成吉汉的日常步态，一般都是不疾不徐。那时，手下人也不敢催促，只对司机售票员指着喊，还有一个！还有一个！狲狸一脚跨在上车台阶上等成吉汉。他最清楚，成吉汉平时并不太在意自己的腿，不管是商谈、会议，还是出游嬉戏，他倒也认瘸，但是，一旦涉及"警容警威"的行动，他就很在乎自己的腿部形象，就像一只追求对称羽毛的小鸟。

新年快乐的那伙人一上去，双层车中间的通道就站满了。成吉汉就在边不亮旁边，他们在靠门前一排，司机后二排的位置。没接父亲电话之前，成吉汉把两条胳膊还不时搭在边不亮的双肩，还在为边不亮理顺发丝过。边不亮的手臂，有时也会圈在成吉汉的腰上，总之，看起来就像一对热恋情侣。猞猁快步上了车二层。上面几乎没有人，只有三个外地人新鲜快活地坐在第一排，叽叽喳喳地点评沿途城市风光。平峰期这是正常的状态。但在上下班高峰期，有机构做过测试，一平方米最多站过十二名乘客。

猞猁又下到一层。打扮成农民的双胞胎，分别挤在一层过道中后部。那里散站了四五个人，两三个扎马尾辫的年轻女子，可能是觉得挤，她们不断调整身子。猞猁也站到了中间略靠后的位置。车子一站之后，猞猁就对成吉汉和边不亮很轻微地眨了下眼睛。他在售票座后一排边上，被挤得有点弯腰，但很快他身后座位上的一个男人起身下车，空出位置。没想到，更靠近空位的一个枣红旧夹克的中年男，竟然不顺势落座，反而眯缝着眼睛视而不见的样子。贴在他身侧后的年轻女子，竟然也不抢座。猞猁便坐了下去。他就是这个时候，看向边不亮他们，眨了下眼睛。

这一站下去了四个，又上来两个。车子比之前松了一些。双胞胎一个已经移到靠车尾，一个马尾辫遮挡了他；中部的那个双胞胎身边也有一个背斜挎包的马尾辫，他俩挨得很近，随着车辆的颠簸，都在同步摇晃。连成吉汉不方便的角度，都看出枣红色旧夹克男和他身后的灰衣女子的异常。灰衣女子的身子在蹭旧夹克男后面。坐在枣红色男下巴下面的猞猁，一抬头就能仰视到那男人如痴如醉的脸，他甚至听到了他幸福的粗重的喘息声。不用看他后面，猞猁就断定那个陶醉的夹克男完蛋了。那灰衣的性感女子一直在蹭擦枣红色旧夹克男。猞猁以为在女子侧后方的双胞胎，最方便看到旧夹克男背后的第三只手。视力被严密挡住的猞猁，根本没想到双胞胎双双都被各自美女隔离。边不亮盯踪的视线，也不断被乘客移动的身子打断。

就是此时，成吉汉接到了父亲的电话，父亲在严厉质询，一家新外贸公司的跑单情况。可能是财务那边有人打了小报告。父亲非常震怒。新年快乐因为给予对方货到付款的信任，已经收获了多单不诚信的回报。新年快乐不是大厂，但多年来，父亲选择合作方，一贯非常谨慎，也很铁腕，父亲一向坚持款到发货。对那些非常信任的老客户，也会要求先付订金百分之三十。而他儿子，因为轻信，因为耳根子软，因为那些天花乱坠的业务代理投其所好，说可以送他真正的美军训练服，因为这因为那，他竟然百分之十的订金也同意不收，同意货到再付款。生意场上，成吉汉是注定只能和君子打交道的。

那个跑单的标的近七十万，成吉汉不敢不老老实实地接听老爸训斥。

敏感的边不亮独自起身，往车中间挪，售票员还以为她误了下车要添堵，吼了一句什么；大概就是这个瞬间，枣红色旧夹克男的后裤兜钱包被夹了出来，边不亮看到灰衣女子的肩膀动作，她动手了！边不亮粗鲁地搡开乘客，就猛扑了过去。灰衣女子出手更快，她已经把钱包转移给了双胞胎旁边的斜挎包的马尾辫。斜挎包马尾辫和灰衣女子，不知是历经了多少磨炼，默契得有如天作之合。马尾辫下面的手在利索地接转赃物，上面绵软无力的漂亮脑袋，依然晕车般挨着那个双胞胎的胸口，娇喘微微：……这车……怎么这么颠啊……

边不亮一把拧住灰衣女子的手腕。那只小臂从枣红色夹克下悠悠出来，主动翻掌，就像魔术师优雅展示空空如也的美妙一瞬。是的，她手上什么也没有。灰衣女子轻慢得意的眼风，让边不亮明白，她刚刚保持的肩部耸动，就是为了戏弄盯踪者可笑的捕捉。

猞猁站起来，他不管边不亮和灰衣女子的眼神对决。他直接扑拧马尾辫的胳膊。晕车的马尾辫一声尖叫，护花使者的双胞胎一掌阻击在猞猁胸口，与此同时马尾辫扭头就对猞猁的手咬了下去，猞猁痛得放手，但闪身另一手一把拧住她的马尾巴。灰衣女子则趁乱移到了车门边。边不亮后扑，死死拖住她的后领，没想到，后排的另一个马尾辫已经到了车中部，要不是边不亮反应快，那把医用长镊子就直插他右胁。边不亮闪过，身后猝不及防的乘客，发出一声凄厉尖叫，他中了长镊子一刺。边不亮对双胞胎怒吼：猪啊！铐子！！！而猞猁，死死扭住斜挎包马尾辫不放。混乱的乘客,让他挥不出拳头,连楼上的乘客也跑下来探看究竟。

车厢狭小,到处是战斗,不知往哪里躲避而乱闪乱避的乘客,发出潮涌一样有起伏感、有方向感的阵阵惊呼鬼叫。再说车头,混战的同时,司机减速后踩了刹车,但谁也没有注意到,一直在驾驶座后的男子一把匕首,就架在司机肩头:——开门!快!!

车门刷地大开。

持刀男忽略了在打电话的成吉汉,也许他也心无旁骛急切逃亡。他刚转身,就被成吉汉一个胳膊肘,猛撞到了肋部。用力太猛,成吉汉的诺基亚手机也甩了出去,父亲还在里面。对此,成吉汉有些微的迟钝。成吉汉敢摔电脑做制敌武器,但手机里的通话父亲,即使不发威,还是会让他心虚,现在,父亲被失手摔了出去。

匕首男被成吉汉的肘尖狠撞,疼得佝偻下身子,眼看要蹲下,却被突围过来的灰衣女子一把拽住,顺势一起跳下了车。乘客又一阵惊呼,持医用长镊子的马尾辫,从后窗突然也跃了出去,真是身轻如燕。

双胞胎面面相觑。边不亮已经追了下去。成吉汉捡回手机,不看父亲的线断没断,也冲了下去。

边不亮看着他们仨拦下了一辆正下客的出租车。边不亮手上的弹簧刀却没有扔。他似乎也有点懵,甚至怀疑到底有没有偷成，到底有没有证据证明她们是扒手。

双胞胎一直目瞪口呆，他们完全是反应不过来——开始是对这伙美女扒手猝不及防，后来是对各种混乱迟钝，他们都被马尾辫的美丽温柔转了境，一下子回不到过去的执业状态，脑子各自空白，下意识就不接受车里发生了扒窃。他们用眼神彼此支持彼此宽慰。直到那个枣红色旧夹克男，忽然惊呼起来：——钱！我的钱包！刚取的四千块！！！

乘客一阵骚动。那时，那是一笔大数。

猞猁把马尾辫拧得颜面朝天，动弹不得。他毫不松手。他坚信灰衣女子把陶醉男的钱包转移到了斜挎包的马尾辫那。没想到，违法的搜查表明，马尾辫的斜挎包里、她的全身上下，根本没有钱包。连脚上的板鞋也捏过了。双胞胎顿时有了点和马尾辫同仇敌忾的意思。马尾辫泪汪汪，她朝天哭叫着，哀求猞猁松手：我又不认识她们！我的头发要扯掉了！她呼喊，再不放手，我就报警！

猞猁光是狞笑，他不直说。他等着那对憨瓜掏出非法手铐。

但是，双胞胎没有掏出他们最爱掏的威猛兵器，甚至他们没有掏出有警徽的假皮套反扒证件。他们直觉认为这根本就是天大误会。没有任何证据，你就好好地疯子一样，扭住一个姑娘家不放，这算什么事？他们不想为虎作伏。不知双胞胎中的哪一个，应该就是站在斜挎包马尾辫边的那一个，他鼓起英雄救美的勇气，要求猞猁先放手，说就是同伙，她也跑不了了。双胞胎就是不愿相信，眼前这个楚楚可怜泪眼婆娑的马尾辫，是他们一贯乐意追捕的猎物。

别说松手，猞猁连看都不看求情者。他对双胞胎的蔑视，也是到了不屑掩饰的地步。这个哭哭啼啼的马尾辫，被他们拦了招停中巴，强行扭送去市反扒刑警大队。那个枣红色旧夹克，一路垂头丧气、骂骂咧咧地跟着去报案。他一路念念碎，说自己只是眯了一小会，他叨叨自己的钱多么不容易，他一路诅咒扒手小偷。猞猁嫌他委琐嘴碎，猛地吼了一嗓子：够了！你他妈享受的时候，怎不想爽的代价？！双胞胎听得脸上各自红白交替。郑氏兄弟转眼看成吉汉，说，成少，人家毕竟是受害人嘛，还是注意点群众影响，将心比心，这么大的损失，我们至少要有点同情……

猞猁打断他：你，是不是一直在她身边？

那个被盯问的双胞胎，拒不点头也不摇头，以示对抗。猞猁对成吉汉一个眼色，成吉汉心领神会，他过去提起了那双胞胎的破烂皮革包。铜拉链本来就是坏的，一扯开包口，报纸包的手铐上面，赫然有个鼓胖的黑色皮夹子。

枣红色旧夹克男嚎叫一声：——我的钱包！！

怎么回事啊？！他一把夺回自己的钱包，双手把它死死捂在胸口。

双胞胎傻眼了。一中巴的人也莫名其妙地呆看着。

马尾辫停止了啜泣，但她更加淡定，沉声要猞猁放手，说，与我无关。猞猁嘿嘿冷笑。枣红色旧夹克男，倒不是太蠢，小眼睛骨碌碌地看来看去，很快悟出是赃物转移。但他一拿到钱包就想溜，他才懒得去做什么笔录。他说，哥们，我真的还有事，急事！还有重要的会！既然钱包已经找到，我实在是没那个闲工夫。他大声示意中巴停车，却被双胞胎一左一右狠狠架住。枣红色夹克一迭声嗷哟。

郑氏兄弟似乎把失败的羞恼，都狠狠发泄到失主身上了。

后来的情况急转直下。到了经验丰富的反扒刑警队手里，那些正规军，在马尾辫的斜挎包里，马上找到了一张酒店住宿房卡。反扒刑警马不停蹄，冲到酒店，两间标房里，警方很快找到了一床铺的赃物：三个女士小坤包，三个相机，还有三星、摩托罗拉等五只手机，三个手机智能卡，两个MP3，十张国债券，七块袁大头银币……

灰衣女子和那个匕首男，竟然也落网。那个阅人无数的的哥，看到刀和持刀的乘客脸色以为是抢劫，一路乖顺，一进市区，竟然假装车子突然失控，对着交警的红绿灯岗亭撞去。车子受损了，但他自己安全了。灰衣女子和匕首男猝不及防一起被擒。

事后我听说，这伙飞天女扒手团伙，已经客居本地多日，那一周以来，车扒案件报警量成倍增长，甚至惊动了市长热线和媒体热线。警方压力很大。反扒大队警员已经好几个小组都在跟车，没想到，飞天团竟然栽在民兵手里。据说这个女性为主的团伙有二十多名成员，年龄在二十到四十岁间，大多由同乡、亲戚和有前科人员组成。他们分四个小组，常年流窜各地，在公交站点、线路实施盗窃、抢劫，早已形成扒窃抢劫、销赃、手机刷机解锁一条龙犯罪线，牟取巨额暴利。

灰衣女子是团伙核心成员，她的被捕，让飞天团在本地公交车上彻底消失。报警率迅速下降。

这件事，对自我感觉良好的新年快乐团队，也算是一件巨大成就，但是，成功的成色很复杂，局部大失水准的丢人表现，甚至让成吉汉感到成就巨大得有点难以启齿。一贯飘然自得的双胞胎，第一次委顿沮丧、英雄气短。连从不饶舌的边不亮，都不时对郑氏兄弟戏谑调侃：色字头上一把刀，你一刀来我一刀。雪上加霜的是猞猁，直接建议成少扣罚郑氏奖金，"给俩猪头，一个渎职教训。"

成吉汉觉得很有道理，是他妈该罚。那一阵，成少自己焦头烂额，心中邪火无处爆发。父亲非常固执，连由猞猁代呈的建议——以白描、剪纸、刺绣等中国元素的原创系列，再次和之前的铁艺中国生肖系列设计一样，被父亲傲慢地驳回。父亲对猞猁重申：我看不上他的狗屁创新！能依样画葫芦做好就不错了！只要他给我守好根据地就谢天谢地了！

这一天，成吉汉因为再次追讨货款未遂，又受到父亲电话严厉奚落。父亲说，生意场，轻信就是诈骗的帮凶！成吉汉不认可对方诈骗，但那家外贸公司拖欠的七十万，是年度最大的一单。那一单简直成了父亲随时抽打成吉汉的鞭子。

添堵闹心的是，双胞胎居然造反。成吉汉的处罚措施还没有正式出台，双胞胎就并肩迈着心高气远的步伐，一起庄重提出辞职。

他们说：踏遍青山，自有留爷处。

分管领导猞猁，像掸烟灰一样，轻飘飘地弹着半页纸的辞呈，说，OK。OK。

双胞胎前脚到成少办公室，阿四就闻讯赶到。她一把撕了郑氏兄弟的打印辞呈。成吉汉一言不发，臭着脸打电话把猞猁叫上来。猞猁阴阳怪气地进来，成少也不说话，黑着脸，开始猛扔飞镖。他当然知道猞猁狗嘴吐不出象牙，但成吉汉心绪太恶劣，他懒得说话，得由一个毒舌替他发泄。

没想到双胞胎竟然想离开他，放弃新年快乐！成吉汉实在很意外。连这两个弱智都不跟他玩了,成吉汉心里翻腾着说不出的挫败感。双胞胎有什么用吗?对公司而言,真的没什么用,完全废物,但是,对于我哥,二货的辞职,大约是对另一种价值生活的摧毁和背叛。出钱、出力、出血,他们一起维护那个了不起的世界。没想到,最没有能力抛弃他的双胞胎,居然也说走就走。

诸事不顺,成吉汉心里一阵阵失落。不过,好在阿四表现的和他想的一样狂暴解气。

她肮脏的围裙都来不及解掉,直接冲进了成少办公室。怒不可遏的表情,让她脸色发青、下巴颤抖。她力图稳住威声:就你们两个,辞了职,还想搞出什么鬼?!

一个说,能干的事多了去!

伴君如伴虎,一个说,到哪都比这强!

猞猁大笑,以手为枪,瞄准成吉汉——大老虎!

双胞胎异口同声:你也是!!

猞猁连连拱手,一副受之有愧的夸张表情。

成吉汉绷着老板臭脸,专注地扔飞镖。阿四对成少的阴沉和猞猁无所谓的表情,非常生气,但她不敢指责他们,便把火力集中在双胞胎头上。这一时刻火山爆发般的怒责,被正竖起耳朵偷听的隔壁办公室的小文秘们,誉为新年快乐的年度经典语录:

——臭不要脸的东西！——脑子里都进屎了吗！

　　——知道你们猪脑子不好使，就不知道已经烂到了好歹不分哈？！

　　——了不起呕，会炒老板了！别人没有数，我还不清楚混账东西，能成什么事？！装什么大尾巴狼？！想唬哪个鬼去？！

　　——除了一个蠢，就剩下个更蠢！你们能干什么？说我听听！就凭你俩，当官？——绝对是混账贪官！做小买卖？肯定短斤少两被人打死！搞公司哈？我笃定你们偷奸耍滑，没有好下场！就你俩结婚过日子，我都不省心，给我看看！看看！看看你们那副好吃懒做的臭德性——去！先滚出去撒泡尿！搞清楚自己几根毛再放你辞职臭屁！

　　——辞职？哼——都给我听好了！再想出去招摇撞骗，我一菜刀拍蒜一样拍死你们！！！

　　郑富了底气不足地咕哝着：我们决定做私家侦探……

　　什么？！阿四没有听明白，像鸭子一样歪头看他们。猞猁已经爆笑：哇唔！厉害！真厉害！我告诉你们，最好没哪个傻瓜雇你们，否则，你们就跟电视剧里的白痴一样，第一集就死翘翘！

　　成少哈哈大笑。飞镖都抖飞盘外了。

　　什么都可以学么……郑富了顽强抵抗猞猁霸凌。胆子更小些的郑贵了，嘀咕声也更小：还不是人家先嫌弃我们么……

大概为了弥补自己失口而笑的不正经，成吉汉又作色严肃了一下，清了清嗓子喝了口茶，但还是想笑，后来索性放开吃吃大笑，像个漏气的袋子，脑海里全是刚刚猞猁伸长舌头、死翻白眼的"第一集"死相。猞猁他妈的太恶毒、太损了。而双胞胎的认怂，让成吉汉心情转亮。阿四眼风犀利，立刻过来，摇拍着成吉汉的胳膊，说，别跟我们家二百五计较，他们也就是放放臭屁，舒服一下就是了。

成吉汉挣开她的手，表情冷凝下来，又扔了一把飞镖，然后重重坐到大班椅上。他要重建自己愤怒的威仪。猞猁把飞镖拿起，轮到他开始专注扔飞镖。阿四解了围裙，手脚麻利地给两位少爷倒了茶水，完了，对双胞胎又狠踢一脚，呵斥道，死人哪，还不给老板道个歉？！

双胞胎尴尴尬尬地起身，一个含混鞠躬，扭扭捏捏地说了声对不起，一个用委屈的表情咕咕哝哝：我们其实也根本舍不得走……

郑氏兄弟一起怨毒地看向猞猁，矛头所在。猞猁根本不看他们，专注瞄准飞盘。

成少笑了，对猞猁喂了一声。

阿四知道危机过去了。她如释重负，好一场力挽狂澜的斗智斗勇。她为自己的辛苦操作叹了一口气，意犹未尽，又高姿态地追打了郑氏兄弟一句感言，也算是一家人的严正反省：——人心不足蛇吞象！在这里吃好喝好、天天做梦地过，你们换个老板试试！阿四挥鞭似的猛甩围裙，郑氏兄弟以为她又要动粗，慌忙各自闪避。阿四索性劈头盖脑地又各人补抽一把，恶狠狠地说，我话放在这里！你俩猪耳朵听好：再不知好歹，早死早投胎去！与我无关！

这个结局，双胞胎感到自己有台阶下。从此又热情高涨地工作了。至于扣罚，我就不知道实施了没有，估计猞猁不会手软。

11

厄运的阴霾

11
厄运的阴霾

直到猞猁死了后，成吉汉才知道猞猁是谁。父亲说他早就告诉过儿子，但成吉汉说他根本没有。我相信成吉汉，是父亲没说。因为我也是他死前不久才清楚知道。我想，首要原因，是他们父子多少年来都沟通不畅，除工作外，彼此基本无话可说。还有一个重要因素，大概是父亲出于对猞猁隐私的保护。是的，没错，猞猁是个被开除的警察。因为极度欣赏，因为非常心疼，父亲不愿意承认或面对这么个没有面子的事实。作为我父亲最信任最宠爱的人，我也是很迟才模模糊糊、隐隐约约地知道一些。估计是我父亲确认，我对猞猁的认识与好感，足以理解他的坎坷与为人，父亲才愿意和我聊几句。事实上，我和猞猁关系一直不错。

父亲来自闽西那座红色老区小城，和猞猁的母亲是发小，林业部门的子弟。猞猁的母亲比我父亲大两三岁，但温柔孱弱,美丽又颠顶,反而总是被林业局发小圈里的大小男孩们死死保护着。她很早就结婚,嫁给了冷冻厂一个大领导的退伍兵儿子。丈夫比较吃苦能干,看起来非常壮实,没想到,猞猁刚进小学,他父亲竟然心脏病突发病故。那时,我父亲早已离开家乡,正忙着和我母亲讨论婚期。猞猁父亲死后,他母亲一直没有再嫁,病病歪歪的,却渐渐成为当地一所中学最好的英语老师。我父亲和他母亲一直保持往来,有个暑假,父母带我们返乡旅游,还在他家吃过一顿非常好吃的河田鸡。

小学时的猞猁顽劣淘气,惹是生非。从中学开始,猞猁幡然醒悟似的刻苦读书,考进县城最好高中,后高分进入西南政法大学,一路走来,各方面都很优秀。猞猁上大学的时候,父亲资助了他。猞猁大学毕业的之前之后,他母亲都连续住院,好像是肾的问题吧。所以,他最终还是回到了小城的母亲身边,进了当地公安局。那大概是1992年左右。他先是干巡逻警察,后来是户政警察,最后是近郊一个大派出所的警长,所领导好像都还比较器重他,据说那是全国优秀派出所。看上去大好前程正在展开。但是,就是在那里,在那个国优派出所,他的人生轨道突然翻车。

如果不是那样,我父亲说,他应该是第一批去东帝汶的中国维和警察,或者之后去别的什么地区做中国维和警察,之后再前程未可限量地归来。我父亲说,1999年初,公安部首次在全国公开选拔、招考维和警察,全国有数以万计的警察报名,初考,复考,听说有十几关。猞猁以优异的综合分,成为全国四十名复试中的一名。后来知情层说,他的射击、英语、车辆驾驶、心理素质、外在形象,都获得了高度评价。他是绝对有望成为小城骄傲的,乃至全省,甚至全国。

在进京赴全国集中培训前的一个月,猞猁出事了。

出事的那天晚上,他和几个出差的大学同学在市里最火的红都量贩KTV吃饭。因为在休假日(后查为换班),他喝了很多酒。关于这之后发生的事情,我父亲是不相信官方版本的。父亲的版本是这样的:祸根在啤酒小姐。当时进包厢的时候,几家啤酒小姐都在推销自己的啤酒(包括红酒),有两家推销小姐,摆上自家酒就直接开瓶,她们粗暴地争抢客人,让做东的猞猁非常恼火,最终赶走其他三个,选留了一个安静的也更漂亮可爱的啤酒小姐推销的酒。饭后唱歌,喝了很多混酒的猞猁,在一楼量贩超市外鱼廊边的紫竹丛中,他把那个啤酒小姐圈在紫竹丛前,有轻浮动作(父亲原话),正好被两个竞争失败的啤酒小姐看见,其中一个猞猁还让她自己付擅自开瓶逼买的酒钱(猞猁这个狠人,完全做得出)。那个小姐一见情况,就报警说对手卖淫。猞猁倒霉的是,正好有巡警就在路边。

110也知道红都量贩KTV有时确有些陪侍的色情活动。两名巡警直接冲了进去。据说，猞猁醉醺醺的，当时还拽着啤酒小姐的小围裙不放。看巡警近身，猞猁竟然还用OK指，弹了人家臂章一下。那个啤酒小姐在猞猁怀抱，并无反抗地听着酒后的猞猁胡说八道。猞猁挥手让自己的同行快去巡逻干正事，说自己是和小妹聊天。巡警当然不认识这个醉醺醺的便衣同行。结果是，一场打斗爆发，巡警要制服猞猁，猞猁狠揍了巡警。一名牙被打掉的巡警，满下巴是血，场面是很吓人。

啤酒小姐自然不承认自己卖淫，更不承认竞争对手说自己经常卖淫。她说他们并没有在谈价格，为了自保，她反过来说是猞猁堵截亲吻自己。是猞猁企图强奸自己。她说她的短裙都是湿的，是因为她逃跑，被猞猁推扯跌进锦鲤廊池水中，猞猁又把她一把拽出，还不许她走。最后，猞猁被认定为酒后猥亵还袭警。猞猁母亲通过她学生的家长们，家长们的朋友，又找了所能找到的各种能人，最后说，不以强奸未遂的刑事责任追究，也不以嫖娼、强制猥亵追责，但单凭袭警、猥亵的恶劣影响，开除就是从轻处罚。据说那个换班的警察也受了处分。猞猁的大好前程，就这样直接断崖。父亲说，木秀于林，本来就危险，加上内部派系等权力较量因素，反正猞猁就成了牺牲品。

大概半年不到，猞猁母亲中风辞世。民间舆论倾向于，猞猁气死了母亲。我父亲说，荒唐的是，那个啤酒小姐，其实是暑期来打工的在读大学生，听说猞猁的警察身份后，开始不管不顾地倒追这个被她毁掉一生的倒霉蛋，要嫁给他。猞猁则扬言，见一次揍一次。但是，女孩大学一毕业，猞猁就来到了女孩同一个城市，来到了我父亲门下。只要没有公干，猞猁每周都回城，他和那个女孩奇怪地来往着，父亲说，那个女孩丑死了，不断跳槽，也混得一般般。

猞猁的优秀品质，父亲一接触就非常欣赏。在广交会上，他和几名老外的英语交谈，不是流利让父亲吃惊，而是那种礼貌自在的态度，更让父亲自得。意外的是，猞猁似乎天生就有"清晰判断并尊重各方利益"的能力，再纷乱的情况，再凌乱的枝节，再巧言令色，好像都不能阻挡他对事情核心的把握。这些在人群中罕见的特质，完全是商海赢家的素质，令我父亲有如获至宝的感觉。他说，林羿陪我在各种场合，有人看着奇怪。实际上，在车里，我蛮喜欢听听他的看法和意见。我父亲跟我说猞猁的时候，是拿他和没出息的儿子对比的。人家的孩子。父亲叹息着说，这是天赋，和他的警察职业无关。我们转向房地产业的时候，父亲一开始就要把猞猁放置要害关口，但是，猞猁并不想远征，他选择陪伴小成守旧业。父亲尖刻地说，他是为了那个女人。父亲为此非常后悔，说，也怪我当时心里没底，做房地产，我们高额贷款，我不知道能给那孩子带来多大的前程，但是，我强迫他跟我走，他也会走的。

如果那样，父亲说，他肯定就不会死。但是父亲又说，我怎么能求他？的确，你那一贯不着四六的哥，身边有他，我多少也放心一点。

父亲最后说，那个女孩子，是他这辈子的克星。

致新年快乐

12

易装猎手

边不亮一到新年快乐，阿四就给他多打菜。阿四从窗口里一看到那个风一样的清秀少年在排队，她就要把大点的鱼、好位置的排骨等好料，都留给他。自然，食堂里那些不同车间的男女青工，只要她看得顺眼，逮着机会就摸人家一把，搂腰啊、拍肩啊、捏脸啊、打头啊，包括后来加入新年快乐保安的两个积极又可爱的退伍兵。一个掌勺的，也建立了自己的宠幸权。但边不亮不许她动。急眼的时候他吼她，阿四就哈哈笑，无赖又宠溺地说：孩子，我要把你养胖一点。

　　阿四以她的流氓德行，公然偏心这帮"替天行道的伪币"。有人不满了，在饭桌边嘀嘀咕咕，阿四就大喝一声：——他们是英雄！英雄不该吃好一点吗？！人家流血丢命都不怕，你们少吃一口肉，就不甘心吗？就要拆我食堂吗？！她就这样莫名其妙震慑了全食堂。对于一个以利润为王道的工厂来说,这样的风气,好像不太正经,但人人心里对阿四所言又无可抨击,以致常有员工想调换工种,要求去做厂内保安。有两个人阿四不敢放肆,一是成吉汉。成吉汉是她的小老板,孟浪了要丢饭碗,更主要的是,她说成少身上好像有一种什么光(阿四原话是菩萨光),她不敢冒犯;还有就是猞猁,猞猁身上总有令阿四又爱又怕的什么东西,微妙地威慑着她,让她不敢唐突造次。

很快地,26路车、35路车的扒手,基本都能认出反扒人员。新年快乐保安们出击的时候,就开始经常化装。边不亮不时需要男扮女装,结果自然是出奇制胜的好。小大窃贼们对一个纤柔女子忽然闪电变身夺命人,根本反应不过来,有人已经被铐住,还是千方百计地不断扭脸偷看边不亮,完全不能理解对手的心狠手辣、性别与速度。的确,边不亮只要假长发或假短发一戴,甚至不用化妆,哪怕脖子以下的牛仔裤、白T都不用换,就纯然一副出水芙蓉的纤柔清丽,绝对人畜无害;偶尔略施脂粉,穿上裙子,更是风姿婉转,百样魅惑,把成吉汉也看傻呆,常叹"惊为天人!惊为天人!"。

郑氏兄弟偶尔也男扮女装,扮个邋遢大妈,但鸡婆一样,倒也有鸡婆的反扒奇效。但兄弟俩最喜欢看边不亮扮女装,每一次都看得傻乐呵呵、津津有味。略有险情预判,就一起鼓励边不亮扮女装。他们不喜欢边不亮开口,嫌他声音太糙、扫兴。有一次，不知道哪一个，直接去捂边不亮的嘴，要他闭嘴，结果被边不亮的胳膊肘尖捅得蹲下去嚎叫。还有一次边不亮的波希米亚装惹得兄弟俩忍不住一起上下其手，色眯眯地去摸边不亮。边不亮的弹簧刀出手快如闪电，双胞胎嗷地弹离边不亮，一个胸部一个肚皮都被划出了血珠子。从此，郑富了知道要和边不亮保持安全距离，但是，郑贵了还是时不时手贱骨头轻，十分讨嫌。

有一天，兄弟俩在保安室外屋等边不亮易装。边不亮在卫生间涂口红的时候，听到郑氏兄弟拿着报纸，在低声讨论一篇文章：她们做那个，到底是痛还是不痛，是舒服呢，还是不舒服呢？女人真是很奇怪啊……边不亮出来，一手一个，把双胞胎的脑袋，狠狠地对撞。

这群人里，恐怕只有猞猁最早就知道边不亮是谁。成吉汉可能是最后一个恍然大悟的。而双胞胎一厢情愿地叫边不亮"我们的小姑娘"，边不亮总是毫不手软还以颜色。

有一次阿四趁边不亮捧碗喝面汤，忽然伸出咸猪手，面汤碗当啷落地，阿四缩回手，和边不亮同时发出骇人的鬼叫。那一天，边不亮黑着臭脸，一声不吭地踢桌而去。阿四开始懵懵然地过意不去，每天小心翼翼地偷看边不亮小爷的脸色，并谨慎闭嘴。后来发现，边不亮对她也还好，渐渐有所松懈，秘密倒还是憋在心里长毛，有一次，她暗示给了双胞胎。但俩憨瓜没有灵犀，不以为然地浮夸边不亮本来就是比女孩更漂亮。再有一次,她在食堂清理桌子,见食堂工友散尽,只有迟来的边不亮独自在吃饭。阿四突然就憋不住了,过去贼贼地惊爆一耳朵。阿四知道边不亮不信,便添油加醋地渲染说,边不亮几乎每个月都说胃痛,要吃加了很多生姜、胡椒的热面条——你说为什么?

没想到边不亮冷眼一瞪:少胡说八道!

咸猪手一事时间久了,阿四有点忘记了自己当时的手感,她甚至有点怀疑自己摸错了,觉得是不是该找个更自然的机会再出手一次。但是,她见识过边不亮不要命的弹簧刀。尽管边不亮一直狠狠警告边不亮,最好别玩,那是管制刀具!边不亮回应:——这我爹!

边不亮的刀,确实令阿四、令所有人胆寒。

边不亮反应快、速度快,在行动中一般不容易受伤,受伤的往往是郑富了、郑贵了。但好在双胞胎好像特别喜欢炫耀自己的受伤故事,病态地珍爱自己的受伤小模样。稍微一点擦伤,就巴不得所有人见面都问伤情怎么回事,他们很享受自己被纱布包扎的英雄受难感觉。好些个年少女工,真的是无限崇敬地听郑氏兄弟讲各种义勇热血故事。这些伤痛,他俩早已自动升华为英雄形象而在所不惜。阿四有一次怒骂双胞胎:早晚有一天你们死翘翘!

但是,那个雨天的下午,边不亮受重伤了。那天是面对四个小偷。

火车站到会展中心的26路车,每到芦塘大站都会上下很多人,很多人去东水库高新区上班。而每年会展大展期,也会吸引很多市区的市民过去。那次好像是美食茶叶展什么的,很多市民要换乘去会展中心。当时,一直在下雨,新年快乐当日的反扒重点就是芦塘公交站点。他们已经注意到,有几个人每次挤着上车,最终都不上车。边不亮也不上,他看起来是个举着花伞焦急等情人的恋爱中女孩。他早就看见有个矮子向一个方向撩开衣服,亮了自己腰间的刀。应该是那个方向有乘客看见了他的不轨动作。亮刀,就是一个威胁与警告。

矮子选中了一个目标。26路缓缓靠站,一个换乘的中年人快速把苹果手机塞在外衣兜里,急急忙忙地收伞,他收伞往车上挤的时候,矮子紧挨着贴了上去,随即,另一个男人,好像担心赶不上车的速度,从车后冲向车前门,他撞到了那个中年男,当即表示歉意。中年男向左扭身模糊摇头的空隙,右衣兜里的手机,就被矮子拿了出来。他一夹出来,有个拿伞的男人,也挤了一下又后退。几乎同时,边不亮出手了,矮子一把挣脱他的手,边不亮怕他转移赃物,死死揪住他胸口。双胞胎也一左一右,饿虎一样扑向这边。

堵在车门口堆涌上车的人流,马蜂窝一样哇地炸开。矮个子看着拧住他的边不亮,居然轻浮地笑了一下,他猛力一挣，如脱缰野马。边不亮也像箭矢一样射了出去。与此同时，双胞胎扭住了最后一个去贴矮子的人，猞猁的培训课还是有作用。赃物的确已瞬间转移到他身上，而成吉汉一把揪住了第一个撞中年男子的人。那个男子很镇定，反问成吉汉你怎么了？他们都没有注意到，第四个大个子的男人从车后拔足狂奔，往矮子和边不亮方向急追而去。

　　正如猞猁的反复警告，边不亮携带的管制刀具，如果没有体力优势的话，实际是给对手输送利器。边不亮在手机店门口追到矮子的时候，矮子转身就挥刀，边不亮也亮出弹簧刀。两人气喘吁吁地对峙着，矮子一手撑着膝盖，喘而微笑。赃物已经转移，但他身上还有别的赃物。边不亮不明白这个矮子为什么老是对他发笑，他有点担心自己是不是男扮女装的衣着出了纰漏，就这迟疑间，有人在他后心窝猛踹了一脚，一个踉跄，他几乎摔倒。紧跟着，一个大个子一把扭住他的手腕，一折，那把弹簧刀被夺，几乎是一瞬间，边不亮觉得自己还没有站稳，也没有觉得痛，那把锋利的弹簧刀，已经扎在他的脖子上。留在脖子外面的刀柄就在他的眼角下方，咽喉附近，他自己就能看得到。幸亏这伙"伪币"，对讲机一直保持联系，如果边不亮被扎了后再想通报位置，已经什么都说不出来了。郑富了根据之前对讲机里边不亮的位置，一路狂奔增援而来。冲过来的时候，那一高一矮的扒手，早已消失无踪。

边不亮站着不动。脖子上插着的弹簧刀，几乎只剩刀柄。郑富了吓得用手碰了刀柄就浑身打战。他不敢拔。边不亮说不出话来，但摇手示意他别拔。郑富了带着哭腔，用对讲机尖叫告急。手机店里的人都围了过来，看见扎刀深得只剩刀柄，大家惊恐不安，起码有几个人同时拨打110、120。

边不亮觉得自己脖子，先是冰，后是发热发烫。他也摸过两次刀，知道不能拔。郑富了摸的时候，他跟他摆手，郑富了傻傻的看不到，幸好他自己被吓得住了手。

边不亮的幸运，得到了急诊医生的赞叹。医生说，插进脖子的这把刀，无论靠左靠右两毫米，都会要了边不亮的小命。尤其是有一边，紧贴着主动脉弓部边缘，只要手一抖，或者边不亮应对不当，甚至抢救时挪动不慎，锋利的刀锋都可以轻易刺破主动脉弓部，瞬间就可以导致大失血休克死亡，根本来不及送救。后来医生还发现，不止血管，边不亮的神经、骨头，似乎都得到的神奇的佑护。

因为在车站就控制了两个扒手（成吉汉和郑贵了，还是违法使用了手铐，玩火的"伪币"们，屡教不改），随后那一高一矮扒手，也在小旅馆下榻处落网。好像是来自贵州的盗窃团伙。

如果我没有记错，那个时候，边不亮欠成吉汉的车损赔偿款，是已经赔完了。他没有说要留下继续效力，也没有说要辞行而去，而差点要他小命、那个秋雨天的反扒行动就是那时发生的。保险公司赔付非常及时，而且还邀请媒体，到病房献花送慰问金什么的；当地媒体争先恐后热热闹闹地炒了一把，只是，边不亮打手势指自己不能说话，在病房就拒绝了采访。成吉汉和猞猁也谢绝了偷偷溜走。只有双胞胎面对八方传媒，电视台、电台、日报、晚报、生活报，统统来者不拒侃侃而谈，一身正气再加一身正气。芦塘的反扒志愿者再次声名远播。

如果边不亮不是扎到脖子，而是扎到胸部、肚子什么的，我哥成吉汉，也许马上明白那个风一样的少年，到底是谁。在住院期间，阿四自告奋勇挺身而出，昼夜不休歇地照顾边不亮。恐怕，阿四这辈子唯一的庄严时刻，就是承诺守护边不亮的身体秘密。看来，边不亮不论是男孩女孩，阿四都打心眼里疼惜欣赏爱护。我觉得，在那伙二百五不计流血牺牲、"失心疯"一样的昂扬氛围中，阿四似乎渐渐被一种庄重的、敬仰的情感冲击到了。

13

烟雾袅袅

边不亮到新年快乐还债服役时，保安宿舍没有床位了。猞猁想了想，说，西头小仓库的阁楼，先凑合一下好不好。说仓库对面就是小盥洗室和开水房，很方便的。就是西晒，阁楼上会稍微热一点（实际是很晒，是非常热），但反正你也是临时性的。

　　边不亮说，好的。他说他睡眠不好，本来就喜欢一个人睡。

　　边不亮出院的时候，嗓子能说一些话，但是瓮声瓮气得更严重了，粗涩、沉闷的嗓子，听得人耳朵出汗。只有成吉汉依然说他的声线非常独特。成吉汉办公室里间是个带大床的休息室，过去我父亲用的。成吉汉执掌新年快乐后，只要南征北战的父亲在家，成吉汉就基本不回城。如果成吉汉不回家，就在办公室里间睡觉。猞猁就睡在外间那张意大利进口的磨砂皮大沙发上。那张暗绿泛褐色的真皮沙发，超级宽大，完全是父亲的暴发户口味。成吉汉给猞猁准备了整套寝具等。但猞猁周末或休息日一定回城，风雨无阻，绝不耽搁。

边不亮受伤时期，新年快乐工厂已经进入节奏缓慢的淡季，出入厂房的工人少了很多。没想到，就在边不亮出院前一周，一个打样车间的青年女工，突然猝死在二楼楼梯口，还惊动了派出所警察出现场。可能死前心脏难受呼救不得吧，被人发现时，嘴唇、脸颊都是紫灰色的，而且嘴巴、眼睛都是张开的。据说牙缝都是黑的，有点狰狞吓人。员工们在车间、在食堂悄悄交流她死前的各种诡异征兆、细节。有人还说，她死后的当晚，二楼的卫生间灯条一直在明明灭灭地闪，关掉都没有用。

成吉汉从广州出差回来，周末就没有打扰已经进城的猞猁，又听说父亲从青岛回家了，便从机场叫出租车直接回到芦塘。他回到新年快乐，走到二楼楼梯口的时候，猛然想起来，那青年女工就猝死在他脚底的地面上。成吉汉立刻冒虚汗了。淡季开工不足，整个厂楼不是每层都亮着的。成吉汉后悔回到工厂。其实，那个猝死女工长什么样他都没有印象，她猝死的次日中午他就去机场了，都是猞猁和办公室的人在处理善后。成吉汉一边冒汗，一边打开了沿途楼道、办公室所有的灯。想来想去，他用对讲机，让边不亮立刻到他办公室来一趟。

边不亮马上就出现了。他穿着运动衣裤运动鞋,浑身是汗的样子,那个冲天扎的洋葱头都挂流着汗,额际绒发,须根似的在额前耳后一圈。见到成吉汉,他像游泳出水那样,抹了一把汗脸。原来他就在顶楼健身房,难怪那么快。边不亮一进屋,成吉汉立刻觉得屋子里明亮安详。成吉汉镇静而郑重起来,然后,煞有介事地给了边不亮一个六百元的大红包。边不亮点头谢过,转身就走。他以为就这事。成吉汉急了,说,哎,聊聊天吧。边不亮说,我一身臭汗哪。成吉汉说,你到我里面浴室冲洗一下。边不亮说,替换衣服在宿舍啊。

那……你洗了上来吧。十分钟够吧。成吉汉的表情,一下就出卖了他虚弱的内心。边不亮以前就听说老板不怕人就怕鬼,就像血晕的人见不得血一样,他一听鬼故事就认怂。据说看《午夜凶铃》时,猞猁劝他不要看,但他非要看,结果,猞猁说,他看得面如死灰不断闭眼,看上去快休克了。猞猁说,害得他差点打120。

据说那个晚上,成吉汉一个劲儿做噩梦、惊叫。边不亮不知道这是猞猁夸张取笑编排的,还是真的。但我听说后,完全相信成吉汉干得出来。只是我不明白,成吉汉长成一米八三的大个子,为什么依然害怕缥缈虚无的东西。既然不长胆量,为什么还偏向"鬼"山行?实在是个天真的变态。这种幼稚的心理,我看不出他和小时候有什么区别。

如果我父亲知道了，又是一顿讥讽与鄙视。

边不亮还是上来了。带着沐浴后的潮湿与清新。他瓮声瓮气地陪成吉汉说话，虽然他说不了几句，有时干脆打手势，但成吉汉非常高兴，简直是殷勤巴结地伺候边不亮。他告诉边不亮，公司决定给他配一辆本田王CB125T摩托——这不是你一直想要的吗？边不亮喜出望外但目光狐疑审慎，他不理解公司怎么会买这么贵的摩托给他呢。成吉汉说，公司就愿意重奖你这样舍生忘死的好汉。

成吉汉还在冰箱里找了酸奶、碧根果、进口巧克力一大堆东西，劝边不亮吃。他甚至去文秘办公室找咖啡，但是，边不亮拒绝了。他不喝咖啡，只爱喝可乐雪碧汽水。成吉汉又到各个办公室冰箱去寻找汽水。最后，看着边不亮凑合喝上果粒橙，成吉汉又没话找话，你是真名吗，为什么叫不亮？

因为天还没亮。农村人起名困难，很随意。

那你家肯定有叫边不黑的？

没有。我弟弟叫边不雨。他出生的时候，雨停了。

成吉汉兴致勃勃，但边不亮本来就话很少，虽然本田王摩托让他难以置信的喜悦。主要是，他现在说话脖子是痛的，而且，今天也比较累。下棋好不好？边不亮说只会下跳棋。成吉汉办公室没有跳棋，只有围棋。他教边不亮下了几把，边不亮似乎不感兴趣。成吉汉就邀边不亮一起

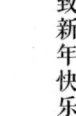

玩飞镖。这群人里，边不亮的飞镖无敌，因为他连远距离的弹簧飞刀都非常准（这也是郑二不敢欺负少年的原因之一），何况小飞镖。可是，投掷飞镖用力的时候，边不亮的伤口会抽痛。投了两次，他就歇坐在沙发上了。

但成吉汉还是有办法。他打开了样品柜。

那个晚上，边不亮学会了随便用一本杂志的彩页广告纸，折出一棵立体的圣诞树，还学会了用剪刀，剪下一圈纸巾筒芯，用毛线头，制作一顶顶微小的、精美的圣诞绒线帽。成吉汉还教他怎么把绿色的方餐巾，叠成圣诞树；薯片筒怎么变成圣诞礼筒。还有，边不亮最为惊叹的，成吉汉用A4复印纸，剪成四个方块，正剪，反剪，粘贴，然后，做成了四片在风中旋转的立体雪花。边不亮惊叹地叫起来，一张4A纸，就成了四片风中的雪花！他把它们一个个小心挂在样品的圣诞树上。边不亮还有点担心，客人来了没有圣诞树样品看，成吉汉说，让他们再做。

两人终于玩到了一块，都兴致大发。成吉汉拆了衣柜里的一个钢丝衣架，把它拉成一个带钩的大圆环，然后，他拿出一盘十几个橙子大的透明圣诞球，再往茶盘里挤蓝色、湖蓝色、绛紫色等颜料，加水搅动，把一个个透明圣诞球扔去茶盘的色彩云中打滚，然后吹干。接下来，成吉汉又如法制作了流云色、金色、银色、橘色的圣诞球。当这些缤纷的圣诞球春意盎然地挂在猞猁衣架上时，边不亮惊喜得用鼻尖,去碰触问候每一个圣诞球,还是爱不过来,干脆把彩球衣架环全部拢在怀里。成吉汉说,明天,这些都送给你。

秋天的夜风,在空旷的开发区时不时呜呼回旋,成吉汉会从临时工作台上抬起头,他的眼神像雷达一样,用看不见的转动方式,在搜索楼外风啸的足迹。突然,他办公室北面一个落地窗帘被阵风扯起,卷翻了窗边茶几上的一广口瓶花,啪地一声响,两人都吓了一大跳。那是办公室的女孩们,为迎接成少出差回来,特意到院子里、路边,弯着纤腰,一根根为成吉汉选拔回来的紫红色韭兰花蕾。姑娘们预计,在明天的晨光里,一广口瓶的粉紫色小花,会开放得非常美丽。广口瓶被窗帘卷到地上摔破的时候,动静很是突兀。边不亮吓一大跳,而成吉汉几乎就是面如死灰,呆看着窗前一地的碎玻璃片、花茎、流淌的水,发了好一阵子呆。他想到了那个猝死的年轻女工。

那个晚上,成吉汉谈双缸动力摩托、献美食、谈《马赛曲》的传奇、谈音乐家趣闻、大展新年快乐的圣诞礼品制作技巧,他使出浑身解数,终于把边不亮留在了办公室大沙发上,也就是猞猁的下榻处睡觉。非常丢男人脸的是,成吉汉自己在里面是开灯睡的,他两次建议外间的边不亮也开灯睡,但是,边不亮没有解释地一口拒绝。成吉汉最后一次开门建议,边不亮只是晃了晃枕边对讲机,根本懒得起身,示意睡吧。有事叫我。

成吉汉一个人在里屋睡,还是怕,脑子里总是那个猝死的女工长发盖脸的胡乱想象。总共就是六七十号人,自己肯定见过她。他总感觉那个女工会飘进来,静立在床头,或者莫名闻到血腥气,就看到一张血黑的牙缝的脸,对他笑。成吉汉非常后悔没有回城。他一直潮汗着,辗转反侧,最终轻轻起身,把门打开,他觉得那样和外面的人是连通的。这样又睡了一阵,还是觉得耳后时有阴风,一直背靠墙睡又很累。最后,他抱着踏花薄被,蹑手蹑脚地走到外间大沙发边。

对于猞猁那样的大个子,那个棕绿色的厚皮大沙发,尚且宽裕,对小个子的边不亮来说,他脚尾的空隙很大。但成吉汉怕吵醒他,在单人沙发上半躺下,然后把长腿,小心寄放在边不亮的长沙发尾部。其实,这是很不舒服的睡位,但是,直到找到那个位置,成吉汉才感到真正放松下来,他很快就安然入睡。

边不亮醒来时,一发现脚后有人声息,第一个动作就是摸压在枕头下的弹簧刀。看清楚那呼呼大睡的动静正是他的老板所出,边不亮惊异又轻蔑地笑了。

一贯早起的边不亮不想再睡了。他起身,轻轻地给自己倒了一杯水,回到沙发边。他一边抽烟一边看着窗外天色渐亮。成吉汉一夜折腾后实在太疲惫了,看起来他睡得很沉很香，嘴唇时有啮齿动物的细微翕动，也有点像吸奶嘴的婴儿。边不亮看得奇怪而好笑。他拿着水杯，走到单人沙发边，他第一次这么近、这么长久地端详一个人。他闻到了在睡梦中，被长时间被卷烘出的陌生的、好闻的身体气息。成少额发微潮，脸色潮红，比脸色更红的是，大额头上有两个粉刺痘。他的眼皮很薄，睫毛散淡，高挺的鼻梁骨上，有个小小的硬结，相面书上说破财的鼻梁骨，大概就是这样了。边不亮也第一次看清楚，成少的下颌底、喉结上都是胡子茬，就像刚割过的韭菜茬尖，也像不好刮剃的黑猪毛一样。那些剃不干净的胡须茬茬，混合着温热的人体气息，让边不亮有点剃净猪皮的冲动。他的食指，小心点过那些难以剃度的喉结起伏地段，再轻轻划过下巴颌底部的青胡子茬点，他下意识地又摸了自己脖颈的同样位置。边不亮轻笑起来。不过这张脸，最好笑的还是那啮齿动物一样的翕动唇部，看起来真不像什么公司老板，就是一个普通邻家男孩，结实、干爽、暖和。

边不亮也见过几次成少突然暴怒的脸，有点翻脸不认人式的执拗，但人多的时候，比如开会，他好像又总有一点羞涩的张皇，尽力回避与众人的眼神交流。有时投向猞猁的眼神，像是求救，总之是巴望会议早点结束。有一次在食堂门口，几个平时比较老资格的技术女工，晒着午休的太阳，倚老卖老慈爱放肆地挑逗着，缠问他什么事。边不亮看得出，成吉汉回答得很认真很尊敬，脸上却有一种令人迷惑的腼腆，它完全不合老板威仪，但那腼腆神情传递出的耐心和友善，女工们马上接收到并瞬间强化它，一个个变得更为欢乐也更为饶舌。这是不怒自威的我父亲老成，完全不可想象的。

一想到这么个大男人，竟害怕夜晚里的什么东西，居然不顾脸面地偷偷避难，边不亮就差点笑出声。这在农村，在那么多鬼故事、那么多黑暗传说密布的偏僻山乡，他可能来不及长大就吓死了。沙发尽管是宽大款，但单人沙发还是容不了一米八几身子的睡姿。成吉汉在梦中也时不时缩腿，腿也还是松弛地伸了下来。边不亮不断给他捡掖滑下的踏花薄被，但成少都没有醒来。这一夜，他担惊受怕太劳神劳心了。

边不亮等不醒成少，他也没有力量把他弄到长沙发上继续睡。窗下有一种像鸟叫的虫鸣，一直在清亮又欢促地鸣叫，很好听。昨晚打破的窗前花瓶，那些捡起来随便放在大口水杯里的韭兰花，竟已大部分开放。清风阵阵，虫鸣混着烘热的陌生身体气息，让边不亮有点松弛、慵懒而迷离。他准备再抽一支烟，就下楼跑步。就在他放肆地向成吉汉喷吐烟卷的时候，成吉汉突然惊跳起来，犹如噩梦惊悸，反倒把猝不及防的边不亮吓了一大跳，手里残余的水，连杯子一起掉在成吉汉的胸口。成吉汉再度受到惊吓，怪叫了一声，但也完全清醒过来了。他跳着站起来，急抖一抖胸口的水。

边不亮有点尴尬，支支吾吾，说：呃，那个……

成吉汉不耐烦地摆手，打断了那个瓮声瓮气的支吾：我可能……梦游了……把这收拾一下你……成吉汉抱着打湿的踏花被，进了里屋。

他在维护面子。边不亮心里还是想笑，但他不想也不能刺激老板，于是面无表情地收拾好寝具，带着成少亲手制作的圣诞礼物，叮叮当当独自下楼了。

就那样一个秋风不绝的夜晚，那样一个脆弱的、寻求依靠的孤独晚上，成吉汉都没有一点想象力，去观察、去识别他的保护人、他的陪伴者是谁。我父亲细腻凶猛的霸道情商，似乎完全没有遗传给他。他的简单迟钝，无愧于父亲对他多方面的蔑视。当然，他更不知道，那个风一样的少年，在晨曦中用那么长的时间，温和地端详他，清醒地陪伴他，几支烟里，也许裹挟过多少令少年自己陌生而流连忘返的思绪。

不过，听说那一夜之后，这一大一小，好像成了更铁的朋友。这个也得到猞猁的旁证。听说，猞猁对成吉汉送边不亮摩托车表示理解和支持，他只是叮嘱成少，注册最好不用边不亮的名字，用成吉汉自己的。这样其他队员会比较好接受。

14

边不亮的煞气

14 边不亮的煞气

猞猁知道边不亮是谁。或者说，开始没有多久他就怀疑了。他并不需要阿四唯恐天下不乱的秘密举报。他第一反应，就是厉声制止阿四再嚼舌头。

边不亮有个习惯，总是夜深独自出现在顶楼健身房。猞猁发现后，从来没有打扰过他。但是，有一天，猞猁上了顶楼健身房。健身房灯光只开了一边，半明半暗中，只有边不亮一个人，正在做锻炼胸大肌上沿的仰卧上斜哑铃飞鸟动作。看到猞猁进来，他蹭地起身坐直，警觉地看着猞猁走向他。边不亮已经浑身湿透，脖颈在汗水中发亮。看到猞猁沉郁莫测的眼光，边不亮放下哑铃站了起来。猞猁把弹簧刀丢了给他。

哪捡的？找半天了，以为丢芦塘广场了。

猞猁说，亲爹怎么随便乱丢呢。

边不亮横了猞猁一眼，攻击性很强。猞猁不语。他在边不亮身边慢慢踱步一圈，乜斜着眼打量他，似笑非笑。边不亮也用眼角余光，感受着猞猁慢慢绕着步子，一边缓缓点头。边不亮烦了，他取过毛巾，决定不练了。看他要走，猞猁说，这么倔强，这里面真有一个男孩的灵魂。

那个晚上，在新年快乐厂房顶楼的健身房里，边不亮过往的生活，或者说，边不亮的童年少年生活，就如那个夜空云层里的星星，一颗一点地在幽幽闪亮。边不亮对大他十多岁的猞猁，一直有着略带敬畏感的信任。他自己也不知道为什么。

边不亮说，三年前，我十六岁生日的那天半夜，一个人跑到海边放声大哭，使劲地哭。因为我知道，从此之后，我再要杀我妈，就是一命抵一命了。我恨自己过了十六岁——她的命，怎么可以和是我同等式？！

为什么没杀呢？

找不到……我一直在找她……边不亮低头抚摩弹簧刀，后来又补了一句：其实……找到了，我也不知道会不会下不了手……但是，我恨。

在那个贫困又懒惰的村庄边家墩，边不亮家算是经济条件不错的，因为在那个几乎全村人都爱晒太阳的地方，他父亲老边一家勤勉过人。心灵手巧的父亲，很早就开手扶拖拉机搞点运输什么的，所以，他能娶到偏僻山乡里那个非常漂亮的女子。漂亮到什么程度，说是离开那个偏僻山乡嫁给边不亮父亲后，也就是进入近郊城关乡的边家墩后，边不亮的母亲，就像出了深山的百合。据说供销社有人闻讯，还专门来边家墩看那个出山美女。

边不亮母亲唯一的缺陷是平胸，不过，那个年代的人们，受制于衣着啊、观念啊，对此不是非常敏感纠结。又说好像她是那个媒婆的亲侄女，本来媒婆是受托给人做媒的，后来看边不亮父亲条件好，就拐到了自己侄女那。这一点，边不亮说不清楚，因为，外婆家那边跟母亲关系不好，基本没有往来。他能明确的是，边不亮的父母一见面，彼此都愿意马上结婚。结婚后，边不亮的父亲才明白，娶了一个多么贪玩、多么慷丈夫之慨的要命女人。后来人家才说，她婚前就爱打牌。

边不亮小学二年级时，父亲拖拉机翻车，伤了腰，因为治病、因为身体不良，家境一下子急转直下。而边不亮母亲开始更加痴迷于打麻将，不管谁家牌局，必定随叫随到。边家墩那个地方山多水险（二十年后，已经被政府开发成四A景区），那里的人很穷，因为接近城关，他们既有贫困的现实，又有被城里人刺激的富裕梦想。所以，那里的人，往往好逸恶劳、懒惰嗜赌，男女老少大都有着一夜暴富的野心。景区有名气后，全市最多的坑蒙拐骗、关于不诚信买卖的游客投诉，那里也拔得头筹。

父亲养伤期间，边不亮的母亲打牌运气比较好，时不时也赢些钱进款。那些回村的包工头就夸她是赌神，一来二去，她也真的觉得自己不是一般人，可以把麻将桌当上班工作台。她确实比上班的人还忙，早上六点出门，晚上八点回家吃饭，吃完饭往往再出去打几圈，十一点回家才算是正式收工了。

她当然不是她以为的赌神。她更没有像她自我吹嘘的那样成为家里的经济支柱。事实上，家里的很多比较贵重的东西，渐渐被人借走了，甚至连父亲的二手拼装的嘉陵摩托车。因为她一向慷慨，她的丈夫也无法弄明白，她是赌输抵债去了，还是热心救济他人了。而且，她一直是美貌的，即使生了两个孩子，天天奋战在麻将桌，废寝忘餐，她依然保持苗条漂亮。

她就这样以养家的名义，日夜流连在麻桌上。边不亮说，不要指望她能料理家里的田，连我和我弟弟的吃喝拉撒，她都没有时间也没有耐心管。为妻为母十几年，她一年到头在家做饭，大概就是春节那几天。如果有人初一初二就邀牌，那还要打折扣，因为她立刻就甩手奔赴牌局了。

边不亮的家，到处都是垃圾，因为母亲永远没有时间，永远不可能收拾一下屋子。她总是来去匆匆。吃点父亲做的饭，或者，随便什么零食，然后把吃剩下的东西随手乱扔，米糕、粽子、豆腐脑，吃在电视边，就丢在电视机上。

夏天隔一夜的东西就馊了。边不亮有一次在衣柜里，发现一根咬了一半的黄瓜，估计放了一个月了，那截黄瓜在衣服上腐烂到长毛。肯定是母亲拿衣服出门，随手忘在里面的。奶奶经常说，你们家里这么臭，你们都闻不到啊？这样也能睡得着啊！边不亮和弟弟，还有父亲，真的已经闻不出家里的臭味了。母亲依然不着家，因为没有时间给边不亮和弟弟洗头，小孩的头上都长满了虱子。有时候边不亮的弟弟饿极了，会一家家地找妈妈。人家看小孩可怜，就给他泡碗方便面或者给两个小地瓜，母亲就出手慷慨，一下拍出五块钱，豪爽地说，拿去拿去！我们家不缺钱！人家说，给孩子吃嘛，一点点算什么钱！

边不亮的母亲说：不行！别让孩子养成占小便宜的习惯！

她自己经常在打麻将的地方蹭饭，一段时间也要交点钱的。在家呢，就随便吃碗剩饭，啃个芋头甘蔗，实在没吃的了就自己到小卖铺买一点饼干，不饿就不吃。她就这么不图吃喝享受，就这么低碳苗条地奋斗着。父亲腰伤不能再跑运输后，就变成在家务农并照顾孩子。父亲非常辛苦，有时奶奶小叔叔看不过去，也会过来帮一下，送一点吃的。

钱已经成为这个家的大问题。边不亮父亲的腰，其实也不合适做农活，但他只能更加辛苦劳作。每到假期周末，边不亮和小三岁的弟弟,都一起到田里帮助爸爸干活,除草、松土什么的。边不亮成绩很好,父亲舍不得他浪费读书时间,弟弟边不雨非常懂事,总是说他可以帮助爸爸。边不亮说,因为下雨天施肥能让农作物更好吸收,爸爸和弟弟就抢时机施肥。有一天边不亮提早放学,一到村口,就看到大雨中直不起腰的父亲佝偻着身子,和身子小小的弟弟在冒雨追肥。白茫茫的田野,那一大一小两个身影,让边不亮跳下自行车,一下子跪地大哭。

边不亮的成绩一直很好,为了给家里省钱,选择了在城关镇中学(四中)不住宿就读。乡镇老师也非常尽心,唯一的不好,是四中到边家墩有点远,大约十二三里路。边不亮每天很早起床,骑车出发,出了边家墩,有段七八里的公路,公路两边都是橘子园,然后进入城关乡近郊的大片菜地。那里,边不亮和两个同学汇合,四个人再骑五六里路,就到了第四中学。也就是说每一天,边不亮早晚都有一段独自骑行的七八里路,因为孤单,他总是骑得飞快。

出事的那天,是初三英语老师补课。除了英语,边不亮各科成绩都优异。虽然乡镇中学老师们补课都是免费的,但是边不亮一般都不去,成绩好是一方面,周末在家帮父亲干点活也很重要。但因为英语相对薄弱,英语老师又特意叮嘱最好能来,边不亮就答应了老师。隔天要出门,却到处找不到自行车。原来母亲擅自把车借给了一个牌友。她说她以为孩子不上学呢。时间来不及的边不亮,一路狂奔了七八里,想赶上前面近郊菜地同学们的自行车,但是,就在菜地边,他眼睁睁地看着辽远的菜地那头,两个同学骑车远去的身影。

边不亮只能又疯跑了五六里路,最终浑身湿透地冲进学校。因为初三,平时的晚自习都会到九点多下课,有时老师还爱拖课,边不亮到家经常是晚上十点多。那一天,因为拖课,英语老师又晚下课了。边不亮在菜地口下了同学的自行车,开始独自往边家墩飞跑。夜色暗沉,路面很黑,边不亮看到茅厕前的路边有点亮光。那是一个破面的车头有人抽烟。看到光,边不亮一开始还有点宽心,等跑近小面的,车上忽然跳出两个男人。边不亮吓了一大跳,几乎是不及闪避,就被人拦腰拖进了车里。

边不亮头发凌乱,一脸青肿、衣衫不整地回到家,什么也没有说。不断洗澡。父亲一直看着孩子,欲言又止。半夜里,父亲和弟弟,都听到了边不亮压抑的哭泣声。只有边不亮的母亲,深夜回来吃了碗剩莴苣,倒头就睡。下半夜里,边不亮第一次听到父亲和母亲的打架动静。父亲的声音非常绝望悲伤:如果孩子有自行车,就不会受难!

边不亮还是以高分通过了全市中考。四中的校长亲自出马,挽留这个优秀的孩子。因为家里没有钱,因为镇中学把边不亮当作宝贝学霸,边不亮就留在了四中读高中。

边不亮的父亲,从那个半夜之后的每一天,一直都步行五六里,到菜地口等边不亮和同学们分手,然后一起回家。边不亮发脾气,不要父亲接,说没有他,自己骑得更快。但是,父亲还是风雨无阻地步行而来。再后来,懂事的弟弟边不雨,为了边不亮,这个六年级的小男孩,努力学好自行车,然后,每个晚上就借小叔叔家的笨大自行车,去菜地口接边不亮。父亲因为边不雨太小(弟弟基本是站着骑行的,父亲的伤腰又无法再蹬自行车),父子俩就经常一起去。小男孩就载着父亲,骑骑走走。边不亮再发火,再咆哮,也没有用。直到那一天,因为雨天路滑,发生了车祸。弟弟当场在土方车下死亡,父亲抢救回来了,但到出院,他的半边身子都不能动,手和脚没有知觉,偏瘫了。

大概出院不到两周,边不亮父亲的尸体,出现在边家墩的鱼塘里。有人说是自杀,有人说是摔倒。边不亮看到父亲在自己作业本上歪歪扭扭留下一行字:钱在床头柜抽屉垫子底下。作业本上还有一把崭新的弹簧刀。因为混合责任,事故的补偿款不多,但是,等边不亮去抽屉拿钱的时候,却找不到父亲所说的钱了。母亲也随之消失了。有人说,她和一个土方车队老板走了,有人说是收购鸭蛋的那个年轻人。

猞猁说，当时为什么不报警？我是说路边小面包车的那次。

有个屁用！边不亮一脸鄙薄，愤怒的眼光灼灼如鬼火：我们村有户瓜农，一家三口都被杀光，灭门了，可是十几年都破不了案。我报了又怎么样？强化耻辱而已。我们家已经负荷不起。损害我的人是不确定的，谁都可以在那里遇上可以被欺负的我；而杀了他们，我还是痛！谁也帮不了我！！而那时，我知道最重要的是，我要读书，为了我父亲我奶奶，我必须用力读下去！

为什么又不读了呢？

实在……撑不下去了……我奶奶，我小叔叔，就差卖血了……

猞猁看着边不亮，边不亮鬼火似的眼睛，又让他难受。他调转目光。两人都没有再说话。两人一直干坐着，看着窗外的黑暗。

沉默了很久，猞猁向边不亮伸出手，就像掰手腕的姿势。他想走了。边不亮没有去握，却突然咳出了哭腔。即使这样，边不亮蒙住自己的脸，恶狠狠地不哭。猞猁觉得边不亮死死憋回的愤怒与悲伤，会让他自己像轮胎爆胎。迟疑着，猞猁终于蹲下来，拍了拍少年瘦而结实的孤独肩背，就像拍一个孩子。抱着自己膝盖的边不亮，坚硬凝固，在猞猁的慢慢拍抚下，忽然井喷似的放声大哭，而且越哭越大声，猿嚎一般挺瘆人，最后阵阵抽噎着，有点喘不上气。猞猁也不知道再说什么好，他掏出烟，开始点烟。他给了边不亮一支。边不亮抽了几口，慢慢缓了过来。

在半明半暗的健身房里抽烟，俩人一声不吭默坐了很久。

略微平息后的边不亮，很想完整说清楚一句话，但是，还是断续结巴了。边不亮最终没有说出来的是：我当时想，如果我怀孕了，我一定要用这把刀，守在那些坏人出没的地方，见到一个，我就扎死一个，越多越好！我不管他是抢劫犯、强奸犯、杀人犯还是小偷，只要是坏人，只要我看着是坏人，我就杀！必须要有人代表所有的坏人——接我的刀！我就是想杀人。然后，我就自杀。读不了书之后，我最想做的是，找到她，找到那个叫母亲的女人，我亲手杀了她！为了我们这个家，为了爸爸为了弟弟，为了我自己。

最终，边不亮什么也没有说出来，哭声却又响起。这一阵子的哭声不再那么嚎嚎骇人，是抽抽噎噎的。猞猁把边不亮手上的烟头取下踩灭。边不亮抽噎着，一口气断成四五小节，短促吸入。边不亮的气管在颤抖，语气断续，边不亮说的是，想杀……人啊，杀所有可恨之人……

猞猁用力拍握了边不亮瘦小的肩膀。

煞气太重了。猞猁说，你会让所有的人害怕的。

不公平吗？是坏人先让所有的好人害怕的！！

嗯。好吧。

边不亮还在不时干抽噎着。

猞猁最后说，你是个了不起的女孩。我一直知道你了不起。

边不亮在抱紧的膝头埋下了脸。哭泣声，从剧烈转入悄无声息。坐在边不亮旁边的猞猁感到胸中阵阵肿胀。猞猁深深吸了一口烟，然后，看着嘴里烟雾，药片一样的，一个个地叠吐出来，它们慢慢松散、慢慢消散在健身房半明半暗的光线里。

远方，隐约传来好像是汽车吃力爬坡的声音。健身房悄无声息。边不亮依然埋在自己膝头，伏着脑袋。猞猁又抽完一支烟，沉重地呼出一口长气，那口烟味浓重的浊气，也许是某种抑恶扬善不能的郁结，也许是曾经的少年壮志。他不知道能再和边不亮说什么，便起身走了出去。

那一夜后，猞猁对谁都没有说边不亮的情况。这也许就是边不亮信任猞猁的根源，边不亮已经直觉到那种源于灵魂深处的默契感吧，这个默契，源于可依靠的强韧力量，源于邪不压正的信念，甚至源于某种深渊般的哀伤。

15

"小人民"来了

用芦塘镇政府的话说，新年快乐的治安巡逻队，越来越成为芦塘治安综合治理的一道亮丽风景线。在警方和政府对群防群治力量的默许和暧昧扶持下，新年快乐的队员们，更是抖擞精神、严于律己，尤其在大庭广众中，处处以警察为标杆，随时随处树立自身形象。他们体魄健壮（正规军忙得不一定有时间健身），着装整齐（总是选安保制服里最帅气的款式，如类似特警服、作训帽、大皮靴），他们嫉恶如仇，爱民如子，他们威风凛凛，以流血为傲。

那天，一队人马威武巡至芦塘广场时，忽然，一个三四岁的小男孩停在队伍前方，对着他们抬起小胳膊，完成了一个标准敬礼，而且，小手一直没有放下，严肃地注目他们走近。新年快乐的队员一惊之下，不约而同对小家伙一起举手还礼。当然，也很标准。他们在敬礼中走过彼此，彼此都非常庄重。没想到，小男孩竟擅自加入队伍中，跟着队伍走了。队员喊一二三四的时候，他也奶声奶气地吼……二……四！队员们左看右看，并没看到男孩后面有大人跟着，就这样稀里糊涂，男孩一路跟到新年快乐大门口。小家伙身后还是没有大人啊。哪家父母这么粗心放纵？一名队员只好咕哝着再把小男孩扛回广场原址，在邂逅地点陪着他，等着看哪家大人急吼吼地过来把他领走。结果，等了两个多小时，无人认领。

  吃饭的时候，阿四对这虎头虎脑的小男孩越看越喜爱。小男孩很漂亮，一咧嘴，就露出辣椒籽一样的圆边小门牙，非常可爱。阿四说，等我再喂点猪肝面，你们再送他回去。阿四忍不住总捏扭小家伙的脸颊，小男孩很痛，就会打掉她的手。哎呀呀，阿四说，这么讨人爱，家里人不找疯才怪。但那一个晚上，小男孩都没有人来认领。他自己反而急着要回警察叔叔那里睡觉（他认定有大门有警灯的新年快乐就是警察局）。猞猁说，打110吧，报备一下体貌特征。他家里人肯定已经报警了，这样我们报了信息过去，110就可以马上核对连接上，好来这领人。联系电话就留保安室的。

  没想到，110警员说，截至目前，还未接到相关走失人员报警记录。

  大家就问小男孩，你家在哪儿啊？

小男孩摇头。大家竞相启发着问。各种问题不断。

我……我……

我哪里？

小男孩闭嘴了。看他小胸膛起伏着，像是准备说很多话，但小胸脯起伏到最后，大家却什么也没有等出来。

大家又问，你叫什么名字呢？

小家伙说：……噫……陈……最后是一个捏拳跺脚的"你懂了吧"的手势。

这什么鬼名字？大家面面相觑，谁也破译不出，勉强属于姓陈的吧，大家就叫他小陈。

那，小陈，你几岁了？

小男孩伸出一巴掌，张开五指，最后在思考中，收起了大拇指，把四根指头竖给大家看。

嗯，阿四说，看起来也就三四岁的样子。

成吉汉过来把小家伙一把抱起来，抛高了一下。小男孩并不惧生，也不恐高，他嘎嘎大笑，抱住了成吉汉的头，又抓他的两只耳朵摇扭，示意他再抛高高一次。再来一次，小家伙又笑得像泉水冒泡，咯咯咯咯得很开心，看起来没心没肺，毫不着急回家。把大家都看愁了——到底谁家的孩子呀？

猃狁说，你今天，和谁一起在广场玩呢？

骑在成吉汉肩上，小男孩对猃狁有力敬礼。猃狁一把抓住那个敬礼的小胳膊。那个敬礼的小手掌，四指头并拢得很有力。

谁带你来的？

……底察……叔叔……

边不亮纠正他，是警察哥哥！

郑贵了指着猞猁、郑富了说，像那么老，才是警察叔叔！

小男孩两手搓着成吉汉耳朵，大喊：……底察多多！

天知道他想叫"叔叔"还是"哥哥"。但这个时候，大家明白了，小家伙语言关好像没有过，每句话的第一个字发音，他比较困难，而且口齿不清。吃饭的时候，阿四就发现他把吃饭，叫成吃汗；鸡腿一律叫低腿；他指着自己的鼻子，认真纠正别人说是——哺、子！他好像还发不出拼音G的音，所有的G，都会发成D的音，哥哥，就成了多多；小蜜蜂他会说成小木蜂。因为每句话的第一个字发音吃力，所以，听起来就有点结巴：我……我……我，或者今……今……那……那……有时重复了七八遍，还不能够往下说，他就急得自己用力跺脚。因为说话麻烦，孩子就基本不开口。能用动作表达的，就用动作说话。

猞猁让边不亮把这个特征，再补报给110备案。猞猁分析说，这孩子可能是被人贩子拐过来的，也许是从别的省、别的城市拐过来的。应该是他突然跑向他以为的警察叔叔们，人贩子猝不及防，人贩子也以为你们是一队警察，吓得也就不敢靠近认领他了。当时，人贩子肯定就在附近。

不过，这只是猞猁的推测。第二天，带他睡觉的阿四大喊大叫，哇哦——！难怪你没人要啊！原来不单单是个小结巴，你还会尿床呐！小男孩羞得对阿四吐了一口口水，你讨厌！却你……你……你说不出来，气得小身板一转，直接就往厂大门跑。郑富了奔过去，拎小鸡一样，把小家伙一把拎抱起来。小男孩气得快哭出来了，说，她……她很坏！坏！你抓她！

她做饭给你吃呀。

把……把……

把什么？

把……把……关起来！底察叔叔……关坏蛋的！

那谁尿的床？

小男孩不说话了。垂着头，又假装看天。看到草地上蝴蝶，他挣扎下地追过去了。阿四喊，看住他！不然他父母来讨了，你赔不起！

阿四很快就被小男孩迷住。她给他洗澡就发现孩子的内裤，是大人的花内裤改的，又旧又破，也只有农村女人才用这种大花裤衩。猞猁细看小男孩的外衣鞋子袜子，虽然脏，却都是像样牌子。孩子的气质模样，也不像是农村孩子。所以，他更加确定这个宝宝，是从人贩子手上溜掉的。因为小男孩口齿不清，好长一段时间，他们才大致拼凑出，那天，是有个叫不不（姑姑？）的人带他去芦塘小超市买射水枪，人贩子可能不乐意，也许他大哭大闹了，人贩子怕他哭闹引人关注，只好去买玩具哄他。应该就是这个空隙，男孩看到了新年快乐"警察叔叔"的队伍，因为最喜欢警察，小男孩一下子就冲过去敬礼。估计人贩子一下子蒙了，不知所措。也许直接就溜走了。

那孩子在新年快乐待了快三周，110 指挥中心居然都没有任何反馈信息。阿四不断气那个小娃娃：——哎呀，难怪没人要！又结巴又尿床，所以你爸妈不要你了！小家伙对阿四又爱又恨，打不过阿四、骂不过阿四，气得只能在鼻腔里哼！哼！再恼怒，就吐口水撒沙子。有一天撒到猞猁一头一脸，猞猁怒吼阿四，别再逗他了！很多男孩小时候都是结巴子！我也是！

新年快乐保安平白无故多了一个小男孩。而全天下，只有这个小男孩，打心眼里认定他们是警察，是神一样的存在。小男孩也是全天下唯一从心灵深处崇敬他们的人。看起来双方渐渐进入了分别代表"人民"与"警察"的运行模式，并在这样郑重发展的关系中，彼此感到踏实快乐又神气心安。这个心肺大概还没有发育好的小家伙，根本就不想家。不管在厂房里的任何地方玩耍，也不管"伪币"们是否看得到他，只要一看到他们在巡逻，在整队操练或者执勤归来，小家伙总是放下手中的一切，笔直立正并庄重敬礼，五个指头并拢得紧紧的。有时甚至"伪币"们都没有发现这份沉甸甸的敬意就远去了。不过，一旦目击，他们总是被小小的标准敬礼，搞得有如电击般心潮澎湃。所以，这一伙人，你买小短裤，我买奶粉，这个买小警服，那个买跳跳糖，合力宠溺着这个来历不明的男孩。

这"小人民"像猴子一样顽皮，成天在保安室、各车间、健身房、库房、成吉汉的办公室里游荡冲锋。他最喜欢成吉汉。他喜欢他办公室的飞镖墙。他太矮了，就让成吉汉抱着扔飞镖；他还经常要求借戴保安室的钢盔警帽，即使戴得像一个小蘑菇，头重脚轻，也努力站得巍然笔挺。他还最喜欢在门口执勤站岗，而且每次执勤，他都要求把警灯打开。他还想修理不亮的警灯。

成吉汉有一次夹着他玩滑板，结果两人一起摔得狗啃泥。阿四说，我的天！还好他亲妈亲姥姥看不到。更过分的一次是，郑贵了开着芦塘所借他们的那辆退役的警用破摩托，在厂区里打圈圈得瑟，根本忘记了后座有小陈。等小陈咕咚一声掉下去哇哇大哭，郑贵了才想起小子还在后面噢。气疯了的阿四连踢郑贵了三脚。小家伙最粘阿四，饿了困了就找她，动不动就要吃"低大腿卤低爪"，累了乏了，也随时向"底察多多"讨摸摸求抱抱。反正像宠物一样单纯，但大家毕竟不是亲爹妈，也有不胜其烦时，有一次，不知道他又干了什么坏事，郑富了直接把他丢进喷泉池里，吓得他站在水里鬼哭狼嚎。而三天两头为他洗尿床床单、被子的阿四，说要追加保姆费。四周不到，成吉汉和猞猁把孩子送到芦塘派出所。他们找所长，指导员哭丧着脸说，唉，别问他了。

原来，所长正准备出门去道歉，新来的警察，处置不当，破坏了"人民满意率"。怎么回事呢，说芦塘后社有个男人报警，老婆跟人跑了，丢下五个月的婴儿，已经断奶几天了，要求助。责任区民警，就那个新警察赶紧送了两包奶粉过去。那个男人说，不要奶粉！他急需一名女警察！他说他报警时就这么说的！新警察说，你是认真的？报警人说，当然！新警察说，你要女警察帮你什么？报警人说，奶孩子，替我照顾宝宝！——你们不是有难必帮吗？！

你再说一遍？

我需要一名女警察——不对吗？！

新警察把奶粉一摔，脱下警服上去就是一记勾拳：——对，有难必帮！老子先帮你明白什么叫父亲责任！

成吉汉、猞猁哈哈大笑。猞猁说，然后呢？指导员哭丧着脸：然后，报警人投诉了。说我们态度恶劣，打骂群众，还想当老百姓的爹。现在，我们所长和那新警察正在

修改检讨，昨天那一稿没通过。内勤在外面买花果篮。一会儿，我们就去群众那登门道歉，承认态度不好。

……老天爷啊，成吉汉对警察非常失望，说，你们……疯了？

指导员说，没疯。一有投诉，我们这个月的"人民满意率"考核就完蛋了！

猹猁狞笑：流氓无赖恶棍给的满意率越高，你们就越无耻。

指导员恶狠狠地补刀——牺牲法律的尊严和警察的荣誉嘛，我操！

看得出，成吉汉一直就没回过神来。他迟钝地看着听着猹猁与教导员的表情与对话。他理解有人恨警察，但无法理解有人敢这样蔑视警察、调戏警察，更不明白警察怎么会有这样窝囊的时候。

猹猁却并不惊奇。猹猁问指导员：你刚说，你们马上要走？猹猁说，这娃娃怎么办？

我哪走得了哇！兵分两路，所长他们去赔不是，我在家整材料！市局明天要下来"群众满意率"检查，后天分局的"社区人口管理考核"和"见警率抽查"也要到了，这个写检讨的混蛋的"入户访查记录""治保会工作记录""创安全文明小区手册""打击破案记录"，七七八八的十几种表格，都还没有完善，"查处行政案件""处罚违规出租户""查处无牌摩托车"的指标,都没全部完成——这些天,他一直忙着接受市局分局督察谈话,讲经过、写检讨。指导员掰着手指,上了虚火的嘴角,鼓着溃疡的黄色水泡:就算这个季度的群众满意率砸了吧,你看,还有这么多事!我们现在人少事多、一地鸡毛……

成吉汉猞猁没有把小陈送出去,反而领了一个活儿回来。原来,这个月是警方"爱民月",每年,芦塘警察都会组织青年干警到库北敬老院去看望老人,送些慰问品啊,给老人剪剪指甲,铺铺床、唱唱歌什么的。今年他们一直都没有时间安排去。成吉汉闻言,当即胸部一挺:我们替你们去!

指导员虽然焦头烂额,但沉吟着,说,我们也可以下个月去。

猞猁说,那你的爱民月总结就不好写了。

成吉汉说,警民鱼水情嘛,谁不会?慰问品也我们自己带!

那也好,就算我们两家的共建活动。指导员马上想好了,叮嘱说,穿戴自然点,别搞得一个个比我们还像警察。

像也白像,没人记他们的账。猞猁说,人家要夸要骂,还是警民鱼水情。没他们什么事。

指导员看着天花板又想了想,好像也是那么回事。但他还是叮嘱说：反正不许骚包干坏事！我会派一个协警代表我们，让他带你们去，这次就算和反扒志愿大队警民共建。非常时期，感谢支持！

那他呢？成吉汉说。

这……指导员牙疼似的倒吸气，要不……你们先送儿童福利院？

成吉汉：他才三四岁，天天尿床还……

还是你们先带吧、先带吧。我们加紧联系失主，一有消息就通知你们。

16

梦之星芒

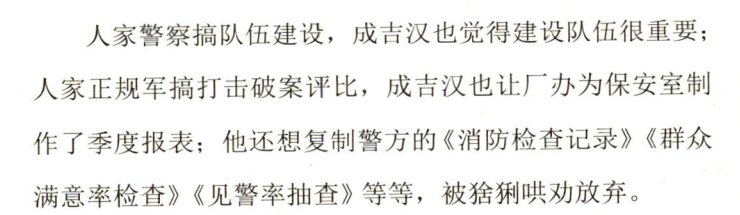

人家警察搞队伍建设，成吉汉也觉得建设队伍很重要；人家正规军搞打击破案评比，成吉汉也让厂办为保安室制作了季度报表；他还想复制警方的《消防检查记录》《群众满意率检查》《见警率抽查》等等，被猞猁哄劝放弃。

那天去库北敬老院的慰问活动，成吉汉亢奋了好几天。他早早就指令办公室筹备联欢节目，包括采买米油面，水果毛巾什么的，特意问清了多少老人，要求一人一盒丹麦曲奇饼干（被办公室人员劝为本地威化饼干，成本直降）。成吉汉兴奋，我想是他本来就像孩子一样，喜欢新鲜的玩法，很多男人到老都像个孩子。但这次，最重要的是，他因为第一次获得警察授权，有了一次非常合法的、公然的"高仿"行动。其实人家所领导也不傻，要不然就不用反复叮嘱他们：实实在在地搞共建，不要心理膨胀，不要太招摇，不要穿得警民不分不像话。是吧，事情归事情，共建归共建，鱼目混珠不好，误传出去，就算你好心办好事，社会影响也不太好嘛。

猞猁也参加了那次活动。平时，他隔岸观火居多，那次，好像是城里的蜻蜓饭草有事不在——我不知道她的名字。成吉汉告诉我的只是她的网名。所以，猞猁可能是无聊吧，也可能是他想重温点旧时光，反正，那次，他主动去了。大家都很意外，成吉汉和边不亮为此特别开心，就有点像大人肯陪小孩过家家的孩子似的狂喜兴奋。

上车的时候，一彪人马倒还规矩，除了下身一致的黑色类警裤黑大头靴，上半身都是杂色百姓外套。一大早，他们都戴着露指头的黑色皮手套，呼哎嘿哟、人欢马叫地往小面包车上搬运慰问品。出了厂大门，小面包车先到芦塘所，接了那个带路的警方代表、协警小王上车。指导员看到一大堆慰问品连声说，很好、很好，早知道我们连绿豆糕都不用买了。老人家要开心很多天了。他叮嘱小王记得多拍照片，回来存档。然后，那辆载着警民鱼水情的"爱民月"小面包车，就一路向北，向水库北岸的鸡笼山麓而去。

就像春游的孩子，那天注定是他们快乐的一天。先说去程，在高薪开发区的大道上，因为漫天黄叶纷飞，成吉汉一高兴，命令大家下车步行，不辜负那段百米长的菩提、榕树大道。

我们这个城市，一到春天，有一些地段，就像秋天一样，反季节地漫天黄叶飞舞；风大日子，更是落叶如雨飘飞。有时候，大路两边，一边行道树是金秋落叶，一边行道树上新绿蓬勃，一春一秋在三月天里打擂台似的。在我们小时候住的那个楼中楼小区门口，每到春天，路边的一排大叶榕就落叶飘飞，踩上去厚厚的落叶嘎嘎直响。后来被市民投诉太多，管理部门被迫挖掉了整排大叶榕，改种不落叶的行道树。工人的锯子吱吱响，大街上都是被砍伐的树汁的血腥气。小学生成吉汉，正值放学，他站在树下抹眼泪。知道男孩是为树哭泣，工人们笑着，有两个砍树的工人，脱下脏手套，过来拍男孩背上的书包，以示慰问。

猞猁和边不亮陪着成吉汉在黄叶飘飞中步行。到前方路口等他们的中巴车，车轮卷起一路的黄叶翻跹。落叶追舞车影，秋景魔幻而来。可能觉得成吉汉瘸步太慢，边不亮突然发力，在金色的落叶雨中，飞速跑了一个来回。

成吉汉停在扫地的清洁工身边，说：哎，别扫啦，这么漂亮的黄叶子啊。

清洁女工翻他一个大白眼。不扫？不扫你给我钱哪！

成吉汉说，你扫一天挣多少？

你一包烟钱！女工又翻他一个白眼球：不到十米，就一车叶子！平时这一整段，最多一车半垃圾，一到春天，我一上午就要扫六七车叶子！比平时累五六倍——你说，这一天值多少钱？！

边不亮笑，说，五包烟钱。

好，成吉汉说，今天放假——我给你钱！成吉汉真的掏钱，把那清洁女工看傻了。猞猁一把拽住成吉汉，说，你就是给了她钱，这满地的落叶，她领导还是要扣她钱的。成吉汉想明白了，说，真是蠢！——他不是骂他自己没想到，而是骂市长——如果我当市长，我马上颁令：凡是落叶季节，所有的马路清扫工——统统带薪休假去！不许上班。

清洁女工被成吉汉逗笑，老板，你是干什么的？

成吉汉把裤腰上带警徽的皮带头露出更多些。遗憾的是，清洁女工压根不认识警察皮带什么模样，成吉汉露也是白露。女工却来了兴致，同意大长扫把借成吉汉玩两把。成吉汉操起大竹扫把，旋转如风。他狂扫一气，让落叶如小鸟起飞，简直要重归枝头。然后，他又把大扫把假想成一把激光剑，嘴里配着音，左劈右刺，呼呼生风，竭力制造落叶飞舞的效果。

清洁女工说，有钱人就是闲哪。

清洁女工又说，老板，你那只脚，怎么了？

边不亮塞给女工一瓶未启封的矿泉水，把成吉汉拉走了。

到了敬老院，慰问品一搬下车，新年快乐的保安全部脱了外套。

猞猁没想到，他们露出的是清一色黑色T恤，非常整齐，胸口上都有一行浅色小字：POLICE。包括成吉汉——只有成吉汉是真货。这伙整齐行头，肯定是成吉汉背着猞猁添置的新安保服装！也许就是为了来敬老院专门添置的服装。要承认，这帮吃饱了撑的练健身、爱运动、爱巡逻的家伙们，倒真是个个健硕有型，很给人以保一方平安的信心。连双胞胎那对胖款的唐僧轮廓，近期也有一点儿清瘦下来。而敬老院的那些老人，那些衰老弯曲、头发稀疏、眼神迷蒙、举止僵硬、哆哆嗦嗦的老人们，更是反衬了这帮"伪币"的青春暖和与坚强可靠。

老人们早就坐在会议室里等他们了。很多老人，拿到威化饼干铁盒就迫不及待地要打开它。院长反复告诫说，大家不要急，等联欢会后，我们拿回房间再慢慢吃哦！但是，还是有老人努力琢磨着要打开饼干盒看看。

欢迎会上，敬老院院长在给老人们介绍客人，说是芦塘青年团员干警和反扒志愿队员来看望大家。步入会议室的成吉汉像老所长一样，不断跟老人握手鞠躬。大家落座后，院长办公室主任介绍了库北敬老院的概况，猞猁记住了这里有七十多个老人，年龄在六十七岁到九十一岁之间，里面不仅有孤寡老人、退休职工，还有画家、发明家，退休教师。

主任热情地说,芦塘青年警察多年来一以贯之坚持不懈地看望老人,老吾老以及人之老,幼吾幼以及人之幼的精神,令人感动。人民警察工作那么忙,但始终惦记着我们老人,关心着我们老人,"他们出生入死、流血流汗,但他们心里始终装着人民!"

主任讲得很动情,可是除了成吉汉的队员们的热烈巴掌声,就没有什么老人鼓掌,他们可能听不懂那些话,可能还牵挂着漂亮盒子里的威化饼干,就像小鸟喜欢好看的石头一样。成吉汉也发表了讲话,本来他有办公室文秘准备的讲话稿,但是,他念了两句,大概感到别扭,就一把揉了稿子。他脱稿说,他喜欢老人,他的外公、奶奶让他的童年自由而快乐。他说很多孩子的幸福时光,都是你们老人给予的。最后他说,下一次重阳节,他会带一个非常棒的厨师来,给大家做天下最好吃的麻油豆腐丸子,也可以带各种馅儿来,和大家一起亲手包饺子吃!

这番话,老人们都听懂了,纷纷鼓掌,而且鼓得很大声。有人大声说,我饺子皮擀得最好了,旁边薄中间厚。也有人说,很久都没有吃粉丝肉包了。有两个老人,为什么馅儿的饺子更好吃,开始大声争论。

接下来是短短的联欢活动。没想到,郑氏双胞胎竟然系着红领巾上台,他们偏圆的身子,模拟着稚气活泼的步伐，一出场就让老人们拍桌大笑。成吉汉操着窗边的一架旧电子琴为他们伴奏。其实，旋律一出，猞猁也不由发笑：

小鸟在前面带路

风啊吹向我们

我们像春天一样

来到花园里，来到草地上

鲜艳的红领巾

美丽的衣裳

像许多花儿开放

跳啊跳啊跳啊

……

猞猁也不明白，好端端的一首儿歌，就被双胞胎浑然演绎成了滑稽小品。他们专注投入故作稚态的载歌载舞，营造出夸张的童年感的欢乐与天真情绪，却完全席卷了老人。也许老人们都想起了自己儿孙绕膝的旧好时光。后来猞猁才知道，这是阿四临时帮他们策划导演的。估计就是阿四原来老东家的娃娃爱唱的儿歌。

敬老院有个西装笔挺（除了领子，其实其他地方都比较皱）的清瘦老人，上台演唱了一首英文歌曲《The sound

of silence》。他一直闭着眼睛唱,深情而孤独。嗓子气虚喑哑,没有任何手势动作,但是真挚感人。成吉汉努力完成了电子琴伴奏。猞猁听得胸口有点怔忡感。

最后是全体新年快乐保安队合唱。他们嘭嘭嘭跑步上台,虎起起一字排开,集体表演了一套虎虎生风的什么拳,嘿嘿震天的。老人捂着胸口都很兴奋,最后都对他们横七竖八地竖起大拇指,能起站方便的,都站起了。一收拳,成少的电子琴响起,《少年壮志不言愁》,那相当于是《警察之歌》,曾经因电视剧风行一时。一排"伪币"合唱得真是声嘶力竭,群情昂扬。成吉汉伴奏得很投入。

猞猁断定,他们一定是认真准备排练过。

几度风雨几度春秋

风霜雪雨搏激流

历尽苦难痴心不改

少年壮志不言愁

金色盾牌

热血铸就

危难之处显身手

显身手……

冷不防,就像被人突然点了穴道,猞猁鼻子发酸有点凝噎，《The sound of silence》尚可抵挡，但有些生命划痕太重的符号，重温即痛楚。他茫然地看着成吉汉轩昂忘情的脸，它生机四射，夸张地泛着穿越时空感的异样红光。夸张的弹琴身形，让他整个头部有时像狼脸，有时像海浪。到最后，在猞猁看来，成吉汉以及那整个场景都迷离魔幻起来，眼前这所有的一切，就像历史深处的显影或反光，也像海市蜃楼。

猞猁胸闷气短，悄然起身退出了会议室。身后大嗓子的警察之歌，终于越来越远。猞猁看得出来，敬老院还是真心喜欢警察过来搞共建的。只是他没有想到，有一种奇怪的气氛，一种类似喜气、和善、活泼又暖洋洋的氛围，让整个敬老院如过年前夕的感觉。这帮伪币，估计已经彻底分不清自己是假警察还是真警察，他们全力以赴演绎着人世暖春时光。在这个无须担心被证伪的大好日子里，以警察的名义，以警察的奉献精神，以警察的温暖情怀，让新年快乐的伪币们，一脸骄傲地享受着人生的富足年华。

联欢结束后，猞猁独自在敬老院各个角落徜徉转悠。到处都是他的人。他看着那些手下，一个个前所未有的礼貌文雅，前所未有的手脚敏捷，他们眼神纯净，谦虚又温柔。郑氏双胞胎为几个老人爬上爬下铺换床单；后来，他们一个给老人剃头，一个蹲跪在地上，为一个老太太剪脚趾甲。老太太的趾甲角质化了，非常粗硬，修剪很困难，那嘴里只剩三颗牙的老太太，一直对他喊：痛哦痛！小心一点！

那个操令一、二、三、四响遏行云的退伍兵，耐心地在为一个坐轮椅的老人按摩颈肩，动作还啪啪响，看起来十分专业。

在洋紫荆树边窗下，猞猁看到边不亮半蹲在一个红衣银发的老太太跟前，老太太稀疏的头发上，别着一个"六一"儿童节孩子们才会戴的粉色大蝴蝶结。老太太在不断抚摸边不亮的脸，叹息着：太像太像了，一模一样，太像太像了……

不知道老太太说边不亮像什么人。边不亮一动不动，让老太太枯槁的双手抚摸着自己的头脸，身子。最后，老太太拿起边不亮的手，又拿起一只。老太太看得很仔细，从窗外猞猁的角度看过去，老太太好像在闻边不亮手的味道。最后，那个妖媚的老太太说，为什么不涂指甲油？红色的指甲油，你要涂红色的指甲油……

边不亮把老人的手合在自己的手心里。年轻的手掌，包裹着老人蚯蚓一样苍老的手。猞猁这才发现边不亮腮边泪水在滑落。猞猁赶紧走开。本来，猞猁觉得那个红衣老妖怪挺恶心的。

猞猁溜达到菜地那边，又看到成吉汉和一个拔草的队员，和老人们在聊大天。他们继续接受着工作人员和老人们对警察的崇敬与抬爱。看到猞猁乜斜而来的目光,成吉汉不自然地耸肩干笑。猞猁一言不发地走开。

猞猁在操场里孑然闲荡,目光阴郁地看着这伙人,那些诚心正意地忙上忙下的形象,那些高声大气地自我沸腾着的大好身影。是的,这一瞬间,再次有些魔幻感,让猞猁时不时感到空虚与失落。

回程的车上,猞猁和边不亮坐一起。边不亮的眼睛闪亮如晨星,猞猁第一次看到那双眼眸里,星芒夺目。猞猁说,有本书叫《唐·吉诃德》。

边不亮说,我看过电影,没耐性看完。

猞猁点头。过了一会,他说,当警察的感觉好吗?

边不亮说,比拿刀的感觉好多了。

好在哪?

……踏实嘛,敞亮。

边不亮开始吹轻浮、快活的口哨,前排的郑贵了在用哨声和扭动的身子附和。边不亮的眼角,捕捉到猞猁一反常态的目光,它就像散黄蛋一样无神无助,和整个车厢的氛围不搭,那眼睛不再是它惯有的、潜而不隐的倨傲淡漠,甚至是拒人千里的阴沉自负。如果边不亮感受没有误差,猞猁眼神里还有些难以究诘的失落与追怀。你就像人类遗址上的最后一个人啊。边不亮调侃了一句,猞猁扫他一眼,却没有聚焦,依然是若有所失的样子,仿佛没有听懂边不亮的话，或者他根本没有在听。边不亮想了想，从裤兜掏出了弹簧刀。那把未打开的弹簧折刀，在边不亮指缝间翻左翻右。边不亮还是很在意猺狋，重拾话头：这么说吧，嗯，这刀，不过暗夜中的小蜡烛；而警察，就是日照天光——这样比方，我说清楚了没有？

猺狋却出现了嘲讽的神情：日照天光，肆无忌惮。

不不，是力量感，是……边不亮有点语无伦次：是天地正气……师出有名呃赋权心安什么的……

日照天光。猺狋脑海里停在了这个奇怪的词上，脸上仍旧是讥嘲的外壳。日照天光。日照天光。猺狋这辈子从未用这个角度思考过。之后，猺狋没有再说什么，拿过弹簧刀翻转、把玩着，在自己的指背上翻折转换着。然后弹出刀锋，挑开一根海绵烟嘴。

回程归途，一车人始终亢奋聒噪，简直就是天使下凡的人间欢乐行，连那个很不爱说话、简直讨人嫌的协警小王也说：今天那些老人，比之前他看到的三次共建活动，都高兴。

猺狋始终保持置身事外的淡漠与沉默。本来一到敬老院，这些"伪币"脱去外套，一个个露出一式的POLICE黑色T恤时，他就想刻薄两句这群得意忘形的猪友。不过，他忍住了。现在，他心里也清楚，不用担心鱼目混珠，警方代表、协警小王拍回去的照片，自然会被警方合规合适地拣选，再进入所里三月爱民月活动档案，也许还要上所门口的应景宣传栏。

看得出，成吉汉为那一天景（警）色持续躁狂亢奋。因为之后，不论时隔多久，回望当日，聊到有趣处，他还会猛击猞猁的肩头，像企图震醒迷途羔羊一样。他指望重阳节再来一次，他甚至和阿四讨论过，老人吃什么馅儿比较好消化。猞猁从来没有回应他的疯癫情绪，连敷衍的点头都似有若无。成吉汉当然不会注意到，那天归途，猞猁坐在边不亮身旁，一路把玩着边不亮的弹簧刀，沉默无言。偶尔烟视着车窗外不断一掠而过的茫然景致，他也显得疲惫沉重。那一车人里，他格格不入，一路无言。

也许，那一天，猞猁真的被唤起过某种复杂的情感——至少我是这么想的——因为，据说之后，他至少没有再嘲弄那些"猪一样的队友"不安分的激情、积极乱真的野心了。

过去的旧时光，经历的当时，不一定有感觉，也许只有再回首，才会看到岁月风干后显影出的永不消退的底色。这群猪一样的队友，这群朝气蓬勃的伪币们，是在天真烂漫地刺激他永远失去的骄傲与敞亮。被命运鞣制成木乃伊的人生理想，可能有时也会泛射出迷幻的星芒，就像少年边不亮的那双灿若星辰的眼睛。

17

蜻蜓饭草

17 蜻蜓饭草

说蜻蜓饭草吧。

猞猁死前,这个人我从没见过,虽然有点好奇,但也无所谓见不见。我父亲坚持说她很丑很丑,厚嘴唇,额头激凸,平肩蜂腰,莫名其妙的天真感。但是,成吉汉说她——非常漂亮动人。他说,他只是透过汽车玻璃窗,看到她在雨中的人行道上,用包挡在头顶上慌乱地奔走,就那样的狼狈仓促中,他说整个街道都亮了,因为她而发亮,她的举止、体态,美丽惊人,就像随雨珠掉落人间的天使。那种不知所措的彷徨恓惶,美好得令人心碎。猞猁一脚刹车,冲下去,给她雨伞。猞猁并没有邀请她上车。成吉汉不理解,也许之后他会反复纠缠猞猁问十万个为什么,但是,我知道,猞猁永远都不会对他说真话。他跟我父亲说的,应该也只是有限的真话。老奸巨猾的老成,尚且如此,那个简单纯洁的小成,猞猁又怎么可能把他带到他生命的地裂深处？

　　猞猁死后，我是在各种人声汇集中，拼出了这一节。我也不能保证绝对真实准确，但如果你对蜻蜓饭草选择信任，那就不要当我完全虚构。

　　猞猁被开除后，和当英语老师的孱弱母亲，关系达到了最低谷。后来，他们母子能够一月不说话，母亲用给学生补课的小黑板，跟他说话。包括"微波炉里有面""再醉醺醺的，你不如死"。猞猁更狠，他连小黑板的回复都拒绝。这也是四个月后他母亲突然猝死，他格外痛楚伤心的原因。他在那个补课小黑板上，用英语，给母亲写了满满一黑板的话，然后浇上汽油随母亲衣物一起烧了。

　　有一天，他的手机接到一条短信：春回酒店313房。有要事相告。等你一天。落款是蜻蜓饭草。无所事事、前程茫茫的猞猁，酒后虚空无聊，就在那个邀约的下午，浑身酒气地赴约而去。

　　313门是虚掩的，他直接推门而入。室内没有人，再转身，一个身穿酒店白色浴袍的女人，灯柱似的，就站在门后。她看着他，他也看着她。猞猁一眼就看清了她的骨相，是的，就是那个来自地狱的女孩。他看到她把白色浴袍腰带解开，折耸了一下肩膀，像天使收拢翅膀，让浴袍滑落。一个光滑的身子。猞猁看到她紧张地吞咽了一下口水。

猞猁盯着她。半年多的时间里，他变得人瘦毛长，她看到了他眼中毫不掩饰的愤怒。她想着直接走向前，走到他跟前，可是，猞猁的眼睛令她心虚。不过，她还是开了口，声音很小，也算是很决绝勇敢：

欠你的，我还你。

猞猁一言不发，他的脸在抽搐变形，发红的眼睛里，喷出一梭梭子弹出膛似的魔鬼火焰，让她脸烫得起泡，她不由自主捡起浴袍掩饰难堪。

她把浴袍抱在胸前，刚才决绝的毅力正在烟消云散。

那个叫蜻蜓饭草的女孩，终于在猞猁恶毒致死的目光下，泪水成串，她有点结巴地开口了。一开口，就索然无味：我真的不知道你是警察……

知道了你就不敢欺负了是吗？！

不，不是这样的，女孩在摇头中泪水纷落；是她们太坏了……我从来没有卖过淫……我只是打暑期短工……客人喜欢我，她们就恨我……

猞猁满脸嘲弄，你不卖淫！猞猁狠狠啐了一口，语气刻薄：好，就算你他妈是好人，你现在跟老子说有屁用！——你在笔录里怎么说的？！

……你是亲了我……

我想强奸你？

……你是亲了我……

我强行舌吻你,想强奸你,你挣扎逃跑跌进鱼廊池里?

是……别的客人,还……一嘴的臭蒜味。

对,你都嫁接到我身上来了——我操你祖宗十八代!

……你是亲了我……蜻蜓饭草不敢大声哭泣:你……是亲了我……

婊子养的!!你怎么不告诉他们,你摸着我的头发我的脸,说我帅!——我说错了吗?!

那时候怎么敢说?我……我从不卖淫……他们问我你的名字,我又说不出……主要是,我要是早知道你是警察……

你就不敢落井下石了——对不对?!

我不得不自救……没办法,我还要读书,家里条件很不好……蜻蜓饭草掩面大哭:对不起……我真的不想害你……

女孩哭着说,昨天我考完试了,特意坐车过来找你。我是用钱,请求经理查到你的订桌电话。我就是想跟你说一句:对不起。我不会再来这个城市了,我还你。

还我什么!!

强奸我,你也落井下石。我们扯平。

猞猁扑过去,两只手掐着女孩的脖子,几乎把她提离地面。蜻蜓饭草挣扎了一下,就松手了。猞猁狠狠摇晃濒

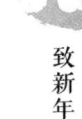

临窒息的女孩：——我操你妈！——毒蛇！你还我，你他妈的还我！你以为你值多少！你以为你多么金贵！我操你奶奶，你在我眼里一钱不值！你还我！你他妈的一根毛都还不起！还跟老子扯平！——你不配！我杀了你都扯不平——知道吗混蛋你屁都不是！！

猞猁狠狠摇晃女孩脖颈，就像提摇一只鸭子。他在女孩翻白眼的时候，一把松手扔下她。蜻蜓饭草瘫在过道上，气管啸叫着，大口喘气又剧烈地咳嗽。猞猁踢开她，拉开了房门。女孩死死抱住了他的双腿。她咳得无法说话，但是，她紧紧抱住了猞猁的腿。

猞猁冷冰冰地站住了。

蜻蜓饭草死不放手。她把脸贴摩在他的裤腿、他的鞋面。猞猁一动，她就加大力气死死抱紧：……我知道我赔不了你，我的命在你眼里也一钱不值，可是，我只能做这么一点了。请你……我求你，记着我的电话，任何时候，你想我还，我就来。

猞猁猛地抽出腿，摔门而去。

我不知道，这对恶冤家，最终是怎么在一起的，反正猞猁最后是为她，才来到我们这个地方，来到了新年快乐的我父亲身边。在他母亲的葬礼上，我父亲就要他过来，父亲说得很客气，说请他来帮忙，当时，他跟我父亲说，已经准备去深圳，那边有同学约他做事。后来，他突然来了，父亲一时不知怎么安置他，就让他先当他司机。父亲到处带着这个贴身司机。猞猁以与司机不相称的状态，介入新年快乐各方面，因为老成很快就感受到了猞猁的好用。

有时我觉得父亲是把他当助理培养使用的，甚至是当儿子。父亲听到了一点蜻蜓饭草的风言风语，究问猞猁，猞猁没有隐瞒，但也没有全说。老江湖的父亲，隐忍和尊重了他的沉默。这些，也从来不影响父亲对猞猁的器重。

猞猁算是跟我私人关系要好的，我们有时聊天很深，但他从来没有透露过那个女孩一个字，后来我想明白了，以猞猁这样一颗骄傲自负的心，那个女孩，相当于他生命的羞耻绶带吧。他抽痛着，但爱着。他一直在自我折磨中。爱你，你就成了我的炼狱。指的就是这种情况吧。事实上，被开除的猞猁，几乎不再和所有同学、同事往来。因为痛。父亲说，猞猁有一次跟他说，他绝不会娶那个女孩。父亲说，猞猁语气是斩钉截铁。他说他直接告诉过那个女孩，我永远都不会娶你。你自己眼睛瞪大了，只要有好的男人，你马上嫁。

猞猁的这个态度，多少让老成有些安定。

18

魔胎小非洲

蜻蜓饭草也许对猞猁有致命的诱惑,而她的弟弟小非洲,大概就正好是解毒抑制剂。这个网名叫小非洲的年轻人,倒也有很可爱的自嘲精神。猞猁不明白他们祖上是哪一辈的基因开了小差,这个年轻人看上去就像个非洲串子。肤黑唇厚,一道宽平鼻梁,就像马车道,路的下一站是猪肝厚唇,路的上一站,就是方便面般的电击乱发。为了规整凝聚好它们,小非洲大概涂抹了很多摩丝发胶之类,反正任何时候,他一出现,头发的炽烈香味总是咄咄逼人。

小非洲笑起来也很讨人喜欢,厚厚的嘴唇里,一笑就露出拥挤而杂乱的小牙齿们,虽然不太整齐却格外白皙坚硬,看起来就像大丰收的咧嘴石榴,坦然又祥和。黑黑的脸颊上,还有一个酒窝似的长凹陷,或者长凹陷状的酒窝,看起来无辜而甜美。他大概也知道自己笑起来讨人爱,所以,经常会在自己猖狂、藐视或自负的情绪中,忽然会兀自穿插一笑。被他惹恼的人，即使莫名其妙也会受贿似的收悉到某种友善或者憨厚的和解讯息。

对于自己的天生优势，小非洲可能从婴儿期就无师自通了。他无师自通地掌握了丑得可爱，丑得有趣，丑得令人积极慈悲等人生方便法门。客观地说，他的父母，固然因为他是男孩子而特别宝贝他，但还是要承认，他的笑容确实有行贿力，召唤着亲近与奉献，召唤着爱。猞猁因为听了太多小非洲的劣迹，厌恶又鄙视，根本不见这坨垃圾。有一次路边邂逅，远远的，猞猁就马上右转，折到小路上抽烟，宁愿看路边老头棋摊，等着蜻蜓饭草。就那样一瞬间，猞猁都暗自吃惊。蜻蜓饭草和小非洲的长相，让他想起一个小常识——香味臭味同于一源，区别仅仅在浓度。浓度低了，就是清香美丽，浓度稠了，就是腐臭丑恶。这两姐弟的样貌，简直算得上惊险相像。就差那么一点点，真是失之毫厘谬之千里的凶险。猞猁在棋摊边想多了，愤愤地骂了一句：这俩人要是没了这通途的天堑，岂非一样丑恶？他是不是也算人生无此红颜劫了？

那天，新年快乐的伪币们气昂昂雄赳赳地奔赴库北敬老院时，猞猁之所以加入那支热忱天真的小分队，是因为小非洲在闹自杀。他在小旅馆，又是割腕、又是吃药，又是跟蜻蜓饭草电话诀别。吓得蜻蜓饭草急慌慌地求助猞猁，但猞猁听了详情，鄙夷至极：想吓唬谁？——死不了的！

猞猁不仅不管,而且说话难听:这种垃圾死光了,才国泰民安。

那一天,蜻蜓饭草第一次和猞猁吵了嘴,她骂猞猁是冷血动物。小非洲洗胃抢救住院的时候,猞猁根本连城都不回。他去敬老院了。只有蜻蜓饭草独自在医院照顾小非洲。弟弟的自杀动静,蜻蜓饭草自然不敢告诉老家人,她害怕父母急火攻心,父亲已经非常虚弱了。也知道父母一定要问责她。

蜻蜓饭草的父亲是个小镇木匠,因为手艺不错,家里的经济状况一度比普通人家好一些。她的母亲也有一点收入,在镇里的一个叫竹器社的手工小企业做出纳。蜻蜓饭草之前还有个小哥哥和小姐姐,哥哥六七岁的时候病死了。后来出生的蜻蜓饭草,却是个女孩,家里找人算过,都以为是男孩的。蜻蜓饭草让全家愁苦失望。所以,就接受了一个无子女的亲戚的请求,把蜻蜓饭草送出去好再生一个男孩。没想到,几个月的婴儿不好带,人家又还回来了;觉得五岁的小姐姐看上去更乖巧漂亮,结果要走了姐姐。

大概在蜻蜓饭草一岁半的时候,小非洲终于来了。一亮相,乌黑一团,惊倒了小镇产科医生。但确认是个男孩,一大家子都兴高采烈,煮了两大筐的红蛋到处分送。

后来,木匠的生意越来越差了,好像打家具的人,逐年变少,小镇人也流行买家具了。家里的经济条件开始下滑，有时还要抱养小姐姐的那亲戚家支持一下艰难时刻。因为相邻不远，两家往来也还比较自然，可能养父母家里条件不错，对自己很好，那个小姐姐对原生家庭，倒也没有怨念，反而经常带蜻蜓饭草和小非洲玩耍。三个孩子还是很亲。

在这样日益窘迫的经济条件下，木匠夫妻都还竭力富养着小非洲。平心而论，这对夫妻都是爱孩子的人，对蜻蜓饭草也不算太差，只是忍不住地更加疼爱小非洲，因为他是男孩，因为他小，他身上似乎还背负着死去的另一个男孩的使命。小非洲爱吃鱼，那么，家里有煮鱼，鱼身都是小非洲享用，鱼尾巴归蜻蜓饭草，鱼头一般是爸爸妈妈合吃。有时爸爸妈妈说鱼头麻烦，不爱吃，就都给了蜻蜓饭草，因为她也非常爱吃鱼。

小非洲就是这样的寒门王子。从小到大，只要他想要的，父母都极力满足。小非洲给父母粲然一笑，木匠夫妇就感到蓬荜生辉，感觉无奈的人生里，幸福也是触手可及的。

遗憾的是，小非洲不爱读书。初二没读完的一个周一晚上，他宣布不读书了。木匠夫妻好不容易筹款买关系，把他送进职业学校学习汽车修理，但是，一个学期不到，他就退学了。退学的理由是，同学和老师，都土了吧唧的傻，学不到东西。

在家又玩了两年，抱养出去的小姐姐和姐夫，和别人一起开的美发店生意不错，喊他来当学徒。小非洲才干了一个月，说，受不了了。白天工作时间长，晚上还要参加培训课，一点意思也没有，谁想一辈子当个剃头匠。不干了。后来又说想学电脑，坚决要求买戴尔电脑。那时候，木匠胃部一直不适，准备去看病，但经不住小非洲的哀求与怒吼，就把检查治病的钱，先给他买了电脑，结果，小非洲天天在电脑上玩游戏。再后来，小非洲又想去练滑板，他在电脑上加入了一个什么群，专门玩滑板的，说那个练好了，也可以名扬天下，养家更不在话下。就这样，一轮轮，木匠夫妻陪着寒门小王子，胼手胝足顶着老命，去配合孕育小非洲一个又一个名利双收的快捷梦，普通滑板到高级滑板，换了两副，依然摔不出天分，自己倒是摔沮丧了。

最后，小非洲什么也不干了，光在家睡觉玩偷菜。美发店姐姐姐夫和蜻蜓饭草，都责怪木匠夫妇太溺爱。最后，木匠夫妇终于同意小非洲外出自食其力。那时候，小非洲已经二十三岁了。

小非洲终于同意出去闯一闯。他提的要求是，打工我不干！要我出去，就必须直接当老板！木匠父母把家里的砖头都榨了一遍油，再把自己的棺材本一并贴了出去，让宝贝儿子出山，去了蜻蜓饭草身边。作为刚刚就职的普通大学毕业生，蜻蜓饭草自己都没有根基，连当地话都听不懂，但是，她只能为了让父母放心把弟弟接了过来。

在一个商业城，她托同学的父亲，租到了一个小店面，小非洲如愿以偿，当上了服装店老板。一开始小非洲风风火火，非常努力。名片印最贵的，店面装修，无论设计还是选材，都毫不含糊用最高档的。他起早贪黑，亲自进货、亲自导购，废寝忘餐。

当时，蜻蜓饭草同学的父亲，在商城里做服装多年，他看姐弟俩毫无经验，一开始就告诫说，最好还是先跟别人做做，等有了经验，再自己开店比较稳妥。但踌躇满志的小非洲哪里听得进去。看年轻人出手阔绰，那位好心的过来人又忍不住劝说，生意很难的，商城里有上百家服装店，竞争激烈；熟客都是大户赚了，我们小户就靠一点回头客，赚点生活费而已，不要一出手就这样啊。小非洲直言不讳地顶撞回去：草包做什么都赚不了，聪明人干什么都发财！你做了五六年，还不过一个小铺子，还好意思指点我？

蜻蜓饭草后来赶紧给同学父亲道歉，把半个月的工资都拿去买了赔罪礼。同学父亲很不客气地说，他这样眼高手低、狗屁不通又自以为是，马上就会摔大跟头！蜻蜓饭草承认，弟弟是被父母家人宠溺坏了。

果然，小非洲的店，开张了一个半月一笔生意都没有。前后投入的六七万，就像打了水漂，而押一付三的店租，让蜻蜓饭草心慌。小非洲终于着急了，反过来，同学父亲倒鼓励说，再坚持几个月，也许就会好转。但小非洲没有撑到半年，他和商城里搞传销的人混在一起了。他告诉蜻蜓饭草，他马上就要半年赚十万，一年一百万！小非洲把钱全部弄去搞传销，店里堆满了传销的货，一件也卖不出去。然后，他开始借钱。一张大丰收的石榴嘴甜蜜又祥和。那个开美发店的姐姐，真以为小弟弟生意兴隆，只是一时资金周转困难，就背着丈夫，把他们家准备买商品房的钱，偷偷借了一半给小非洲。

再下来，小非洲就开始借高利贷。高利贷的人，开始天天到商城的店面逼债，两三个文身的黑衫人，时不时在店里玩刀打牌。小非洲躲开了，过往的顾客也避之唯恐不及。店面生意也算彻底砸了。讨债人找不到小非洲，就查找到蜻蜓饭草的公司，蜻蜓饭草本来在公司还人缘不错，挺招上层器重，被讨债人一闹，经理跟她郑重谈话，蜻蜓饭草只好辞职。

那个时候，蜻蜓饭草的父亲已经是晚期胃癌，家里也非常需要钱。姐弟俩无法给家里资助，小非洲也彻底明白父母榨不出油了，便伸手向舅舅叔叔表姐妹堂兄弟同学发小借钱。最后，据说，一个亲戚家办婚宴，小非洲正好在家，替父母参加。他一去，他那一桌参加喜宴的三姑六戚，全部逃逸到别的桌子上去了，只剩下两个不知小非洲底细的外乡客人。

19

枪口在前

一开始,蜻蜓饭草对猞猁撒了谎。

蜻蜓饭草一开始说是,弟弟因为被高利贷所逼无奈,被迫自杀。当时,她以为她能独力应付这道坎,她知道,只有这个解释,猞猁才可能会同情小非洲。一直以来,猞猁对小非洲的厌恶与排斥,让蜻蜓饭草很懊悔自己说了太多弟弟不懂事的过去,所以,她不敢多提弟弟商业城店铺那边情况,有时候实在被气得够呛憋得难受,还要趁着猞猁心情好,点到为止地稍微宣泄一下,但就这样轻描淡写,猞猁还是毒眼洞穿:——垃圾!你和你父母,都是垃圾筒!而小非洲,也活该受猞猁厌恶蔑视,为人处事待人接物,自私自大始终不长进,没有一点让人省心。蜻蜓饭草有一次痛骂他是怪胎,气得小非洲摔她键盘。背着猞猁,姐弟俩吵了骂了,甚至互相搡、拧、推,动粗,最终,蜻蜓饭草还是会心疼弟弟,宁愿自己饿着,也会给他一点买快餐、买烟的钱。

蜻蜓饭草换公司后,搬进了猞猁租住的房子里。猞猁开宗明义,态度蛮横:——先说清楚——绝不允许那坨垃圾进我的门!——任何时候!

猞猁就是那么直截了当冷酷无情。后来,我想过,这固然有猞猁对那个女孩的复仇式的倨傲背景,更多的应该还是猞猁曾经的职业浸淫,使他非常清楚什么是麻烦人。也可能就是那种天生的猎人直觉,他预见了不良前景。但是,猞猁不近人情的隔火道,专业而强悍的免疫系统,最终也并没有保护到他自己。或者,也可以换一句话说,一个训练有素的尽责猎人,关键时候,明知危险,他还是选择迎着枪口上了。

当蜻蜓饭草期期艾艾地告诉他,小非洲自杀的真实原因是因为她拒绝帮助他抢银行,猞猁跳了起来——去!非常好!让他去!猞猁没有注意到那个做姐姐的快哭了,或者他注意到了也不在乎。他说的是,太好了!十年起刑,无期或枪毙。正好搞进去让你们家安宁了。

蜻蜓饭草久久直视着猞猁,黑丝绒般的眼睛里,一颗泪珠在眼睑边绝望地颤抖。猞猁大概也觉得自己有点过分,就干笑着避开蜻蜓饭草,去了阳台抽烟。蜻蜓饭草又到阳台,去把猞猁拉回客厅。她低声下气地,哥哥,我不是跟你开玩笑,我说的都是真话。

猞猁说，我也不是跟你开玩笑，抢银行就是可以枪毙的，无期徒刑也很容易。

从小看够了弟弟不按牌理出牌的姐姐，怎么也想不到小非洲竟然准备抢银行了。她一直相信弟弟是被人带坏了，一时鬼迷心窍；她坚持认为，弟弟虽然不懂事，最多也就是眼高手低贪图享受，不切实际一点。他本性还是个温和善良的孩子。传销、高利贷什么的，都是年轻没有经验又正好遇人不淑。而胆敢抢银行，分明就是被那个叫贾语文的恶人带坏的！猞猁从来不相信这些亲情眼盲症的胡扯蛋，但他要听清楚来龙去脉。

那个叫贾语文的人，是个西北籍的老江湖。据说他原先追随的老大，在深圳、广州还是哪座南方城市混时，得罪了道上的什么势力，才避到这里来的。后来，他做了押款车的武装保安。虽然持枪站在银行门口，威风至极，过往女孩看他们的眼神都不一样，但是，牛屎外面光。他说，太辛苦。每天早出晚归，关在不能开窗的押运车里，每天奔波两百多公里，无聊至极，报酬又极低。晚上睡十人宿舍的上下床，人均一平方米。还被迫天天看那么多的别人的钱，实在是受尽折磨，受不了，辞了。

是一个做保健品的朋友带小非洲认识贾语文的。在堤头一个肮脏红火的大排档上，贾语文令小非洲眼界大开，万分崇敬。他羡慕贾语文吹嘘的动辄两肋插刀、日日花天酒地的道上生活，也真心同情贾语文虎落平阳被狗欺的英雄落难。小非洲敬酒的时候，由衷地大声说，贾哥，你绝对是个人物！——我干了，你随意！

所以，贾语文那天约他茶馆私聊，小非洲就觉得有大事要发生了。在小茶馆，果然，贾语文说，那天，我就仔细观察过你，小兄弟，你不错。贾语文说，某某、某某一看就不靠谱，这个地方的水土，出不了英雄豪杰。很多人在娘胎里，就没有了血性。我看来看去，只有你可能是可以分担大项目的人。

一肚子烂草正焦头烂额的小非洲，激动万分激情澎湃。贾语文说，这项目做成了，一劳永逸，名垂千史，做不成也遗臭万年，反正！总归！都是震撼性的壮举，会进城市历史的，绝对令人难忘。但是呢，它其实也是小事一桩。你看我这手表秒针，秒针噢！都不要它走一圈，半圈多，大功告成！——只是，这种事情，太有挑战性，非常非常挑人，不仅要求兄弟齐心，还必须智商胆量超高。

小非洲急忙说，这些我都没问题！

利润越高，风险越大，这个，你懂吧？

那当然！我也是商战打过来的！

算我没看走眼。贾语文总结。

但一听说是抢银行，小非洲还是吓了一大跳，马上他就亢奋起来，迅速切入频道。他后来对蜻蜓饭草说，不用害怕，对于我们这样高智商的人来说，这事比当小偷还简单，非常简单！就三十秒钟，搞定一切。我这辈子，就赌这三十秒了！你想想看，挺过这三十秒，我欠的二十四万高利贷勾销了，欠巧玲姐姐的九万块，还了——她马上就可以和那剃头匠买房子了，还有，最重要的是，老爸看病有钱了！如果我们运气好，抢到一百万，贾哥拿五十，我们家五十，扣掉那些七七八八的欠款，我们还剩十几万哪十几万！——噢耶！！三十秒换一百万！！！

蜻蜓饭草跟㹴狮说，那一下子，她觉得就像五雷轰顶。她都闻到自己的心，被电打过的烧焦味。

她不干。坚决不同意。

小非洲简直气疯了，破口大骂姐姐是个见死不救的窝囊废。他说，你会不会算账啊！如果我要靠打工，靠做你说的那些本分事去挣钱，这几十万，你知不知道我要干一辈子？！要苦一辈子？！你说——我还得了吗？高利贷的人把我往死里逼，你看不到吗？！巧玲姐和剃头匠要买新房子，我能赖着不还吗？不能。那你有钱借她吗？你没有！还有，老爸住院都住不起了，老妈身体也很差，我问你，他们能等得到我们给他们享清福的钱吗？你要我不干可以，如果你捞到一个有钱的大老板，那行啊，他给我钱！替我还账！让我当高管！那我们就不用抢银行了。可是，你行吗——你能吗？可惜你只找到了老板的小司机……

蜻蜓饭草避重就轻、删除表情的转述，猞猁听得依然咬牙切齿，脸上红一阵青一阵。

贾语文把抢劫的地点放在芦塘镇农村信用合作社。为什么要放在郊外，市里中山路、新湾区有那么多的大银行，为什么不选，小非洲说，这就是经验与学问。非常讲究！贾哥已经研究几个月了。

首先，全市十三家专业银行、两百六十多家支行、一千多个网点，都已经把银款押运工作委托给安保押运公司了，也就是说，是专业镖局在干，每月按车结算。这些机构的武装押运，专业规范，荷枪实弹，每车四人，司机、车长及两名全副武装的持枪保安。一般的抢劫，对付他们，胜算的概率非常低；但还有一些银行机构，依然沿用过去的押运方式，也就是自家银行有一个部门在负责到全市各支行网点收放款。这些押运力量相对比较弱。有的押运车，只配一名司机一名保安，那个保安还不一定有枪。贾语文在"镖局"干了两年多，相关信息储存了很多。

其次，芦塘虽然远在中心区域外，但是，随着开发建设、外来人口的大量增长，银行机构的存款却十分可观，尤其是周末。那些打工人员，拿到薪水报酬的唯一选择就是存进银行，过年再取用，最后——也是非常重要的——和市区不同，芦塘镇公共区域、街道的监控探头非常少，很多区域就是盲区。这样作案后谨慎撤离，基本不给警方留下什么难忘背影。

最后，也是非常关键的 —— 芦塘交通便利，一得手，冲过旧省道，马上可以上高速路撤离，等那些笨蛋警察反应过来，我们 —— 轻舟已过万重山啦 ——

小非洲说，贾语文经过几周考察，发现，农信社的金杯牌押运车上只有一名武装保安。司机是绝不允许下车的，那个武装保安是经常懒得下车（有时下来手枪和防弹衣都没带）。那么，现场就是一名银行网点经警（经警有挂一条警棍），和两名送钱箱上车的银行职员！周末通常，他们三个会从柜台里面提出三箱钱，逐个出来送上押运车。总之，绝对是一块防守薄弱的大肥肉。

小非洲描绘行动背景和方案时，黑肤中的黑瞳，杀气灼灼，令蜻蜓饭草害怕。陈述中，小非洲的表情在得意洋洋和挥斥方遒之间放肆摆荡。年轻人叫嚣：这是一门暴力艺术，不是大街上下三滥的低等犯罪。行动那天，你只要雇好出租车，在指定处接应就行了！小非洲模仿着贾语文的语气。最后，他说，已经有确切消息了，农信社也在准备外包押运业务了。也就是说，留给我们的时间不多了，必须在他们外包押运之前，迅速下手。

你发癫去吧！！蜻蜓饭草说：我绝不干！

不干？你不干？！这是为我们家而战！

——呸！与我无关！

怎么无关？你是我亲姐姐不是？你不接应我，我们怎么撤退啊？

不能撤退就别去！

喂——这是抢银行啊！怎能随便找不信任的人？我都替你答应贾哥了。他信任你了，也同意分你一部分钱。本来贾哥根本不想要女人。是我保举你绝对靠谱的。再说，军中无戏言，这样言而无信，我不是被贾哥瞧不起？！……

活该！——我、不、去！

你……你太自私了！——你懂不懂道理啊！有没有人性啊？我好心把发大财的事分给你，你他妈的怎么不领情还特别不仗义？！你是想逼我死吧？你就是等着高利贷的人砍死我对吧？！你就是愿意爸爸妈妈病死穷死是吧？好，既然这样，我先死！

小非洲摔门而去。从此电话不通。蜻蜓饭草在气头上，也根本不理他。第三天夜里，小非洲就有了在小旅馆自杀前，拜托蜻蜓饭草替自己孝敬父母、与姐姐哭别的那一出。

小非洲自然大败蜻蜓饭草。蜻蜓饭草六神无主，心如刀绞。她尖叫着，哭喊着，冲过去救护弟弟。自杀者自然得救了。一出院，小非洲还是坚决推行抢银行计划。也坚

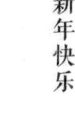

决要拉上姐姐做接应。出院第四天,他下了最后通牒:姐你选,要么参加行动,要么让我死。他说他死一次有经验了,他再也不会给姐姐后悔和抢救的时间了,他会撞高速路汽车!肝脑涂地直接死透!小非洲说,知道吗,那些撞大货车死的人,眼珠子都压到地里面去,人碾得比相片还薄。你铲起我,收完尸,直接烧了,就跟爸妈说,是车祸意外好了。不要刺激他们。

小非洲最后说,明天中午十二点前答复有效。等你电话!

20

法律的黄油

猞猁不得不坐下来，他开始认真考虑小非洲的银行抢劫案了。

蜻蜓饭草的求助很明确：你劝住我弟弟，用什么办法都行。只要他放弃，或者让他搞不成，反正不被警察抓走就行。这个疼爱的弟弟的姐姐想不到，她也永远不明白，从一开始，猞猁就有私心杂念，他根本容不下这种垃圾，于公于私，他最想干的就是，一个也逃不了，统统送进监狱。

因为要拉姐姐入伙，小非洲给姐姐的方案非常具体。

行动时间：下周六下午5点；

目标：芦塘农信社。

具体操作：提前一小时入场（行动前穿连帽衫，行动时蒙面黑丝袜）；6点10分，押运车抵达农信社门口开始晚接款。预计有三个款箱。最后一箱装车时出手（只要一箱，钱重，否则撤离受制）。接应车等候在幼儿园路口榕树下。

行动严控在四十秒以内。超时，无论是否得手，一律撤离。

分工：小非洲蒙面持枪控制住保安、银行职员；蒙面贾哥负责抢提钱箱，小非洲持枪掩护后撤；小非洲姐姐所雇出租车接应。

工具准备：小非洲负责准备两件正反穿的两色连帽衫，两只黑丝袜蒙脸套；贾哥负责准备枪支、匕首。小非洲姐姐负责雇出租车，严格等候在指定地点。

蜻蜓饭草说，你能不能在押款车还没有来，也就是他俩提前入场埋伏的那一小时内，就让警察把他们吓走？不要让警察知道有人想抢劫。比如，正好在附近搞演习什么的，就像上个月我们公司大楼搞的消防演习，有烟，有火，有呼救逃生的人，有警笛声，很吓人，跟真的一样样。你把他俩吓走就可以了。我弟弟胆子很小，肯定逃得快。

猞猁说，谁能调动警察来搞反抢劫演习？！

但是，如果真报警，我弟肯定会被抓起来。我爸妈就完了！

他迟早要进去。这是你们爸妈的必修课。

蜻蜓饭草讨厌听这个，不快中她却灵光一闪。

你们单位的保安不是比警察还像警察？让他们巡逻过来吧，让他们来！正好吓走我弟他们。

你以为这么简单？

只要他们全副武装地突然过来，就在那操练，一二三四，我弟肯定吓跑，他会跑得比兔子还快。那这事不就流产了？就破坏掉了，真是太好了！反正，其他人怎样我不管，把那个贾语文抓起来也行——这个人很坏。

猞猁沉吟着。他的私心杂念一直就是：逮住垃圾，永除后患。其实，他早就想到了新年快乐的"伪币"们。他琢磨更多的是，怎么才能把两个劫匪稳稳逮住或成功"扭送"。贾语文看来真是内行而认真的家伙。从这个抢劫方案上看，银行职员摁报警器的时间，肯定超出四十秒，因为他们把款箱提送到大门外面的押运车上，远离柜台，就失去了在柜台边最方便操作条件；假设他们拼死冲回柜台，在三十秒内完成报警，市里的特警要从市区拥堵的交通赶过来——就算周六没有工作日下班高峰期那么堵——最快也要二十分钟；那么，110指挥中心，必定先把辖区所可怜的芦塘所警察调过来，而芦塘所从接警到抵达，最快的神速也要四五分钟。按照贾语文小非洲的时间表，四十秒对抗四五分钟，他们早就撤离在警方视线之外了。也就是说，警察根本来不及。贾语文真是选到了治安软肋。

那么，最合适的方案，就是预先报警，让警方埋伏守候，瓮中捉鳖。

预先报警，蜻蜓饭草不接受。猞猁只是轻描淡写的报警建议，她就有点控制不住自己情绪了：你自己不是说抢银行会判死刑、无期徒刑吗？那我弟弟不是全完了？他才二十三岁。不行不行！你会害死我弟弟！我爸妈、我们全家都会死！

该死的，谁也挡不住。

不！不可以！不能让他被抓！我爸妈就这一个儿子，蜻蜓饭草哭了……哥哥，不这样，你有其他办法的。

而蜻蜓饭草能接受的就是——"警察不知道的犯罪未遂"——唯一结果。她自说自话：没有拿到钱，没有抢成，还没有犯成罪，就给吓破胆逃命去了。我弟可能逃到很远很苦的地方，再也不敢干坏事，那也不会给我们家里人找麻烦了，他又留了一条小命，不用坐牢，高利贷人也死了心，只得放弃追债。这样就刚刚好了。

这样"刚刚好"的犯罪进程控制，于法治体系，不是与虎谋皮吗？猞猁懒得回应蜻蜓饭草。他的淡漠样子，在蜻蜓饭草看起来，十分冷酷无情。可是，她没有更多依靠了，她只能求他。这样的哀求没什么尊严，她也讨厌自己这样，但是为了弟弟，她不求他求谁呢。她也知道，她非得难过到临界极限，就像掉进深渊临近底部，猞猁才会一把将她抄起救走。

蜻蜓饭草内心恐慌，什么抢劫啊，实际谈的就是怎么留住弟弟这条小命。做姐姐的绝望眼泪不断地冒出来，冒出来就赶紧抹掉。她不敢哭出声，怕狻猊嫌恶她在给他施压。两边的颧骨，被无声而不绝的泪水腌渍得像冻伤红肿。

狻猊拧灭烟头，站了起来。他说让他仔细琢磨琢磨，把各方面情况再想透彻一下，明天十点前一定回复。他说，如果，你弟逼问，你可以先告诉他，你考虑同意，只是心里很害怕。

这就等于是狻猊决定出手了。就像弟弟安全了一样，她心里顿时一松。蜻蜓饭草一直明白，这个在爱情上锱铢必较、心胸狭窄的男人，要么冷酷无情，要么义无反顾。只要他答应，他就一定会竭尽全力。

狻猊拿起手机，准备去碰成吉汉时间，蜻蜓饭草猛地，就像项链坠子一样，她把自己扑吊在狻猊脖颈上。狻猊猝不及防，差点摔倒，但几乎同时，彼此有如死后余生的狂野拥抱，一下稳定出新的平衡。蜻蜓饭草心中的崇敬、感激与不死的爱意，比身体飞得更高更远。剧烈的动作，从一开始就是他们的沟通方式，而且日益展示充满想象力的默契，他们不需要剧烈的语言，更不是相信情人的眼泪的那一类人。这个让她爱而畏惧的人，旧账不忘但从未让她失望。

不过这次，蜻蜓饭草还是单纯了。如果她心眼刁毒的话，就会在猞猁的"决定"里，觉察到猞猁的"杀机"。

猞猁连夜回新年快乐，和成吉汉、边不亮，开了个三人高级安保密会。

和猞猁预想的一样，他语气平淡地把情况大致一说，成吉汉就兴奋得马步半蹲，又是推掌又是挥拳，一直做着虎虎生风的格斗搏击动作，他已经按捺不住。大战在即，刀光剑影，又一次的光荣与梦想从天而降。成吉汉的激进亢奋，让沧桑的猞猁有点归类的难堪。直面这种天真激荡、又隐秘吸引他的躁狂，他总有点五味杂陈。

天赐良机！成吉汉宣布。嘿嘿，检验你嫡系实战含金量的时候到了！成吉汉看着猞猁说。好像新年快乐保安真的都是猞猁的人，可马上，他又无需征询猞猁即高声决定：保安队扣除值班的，全员投入！

边不亮的问题比较多：第一，为什么非得四十秒就撤离，如果再十秒就钱箱到手，他们也不要吗？你刚才不是说，芦塘警察最快也要五分钟才能赶到吗？这时间差，他们很有优势啊。

成吉汉说，他们要保证安全宽裕的逃跑时间嘛。

猞猁说，其实，这四十秒，我也没有数。至少小非洲不是训练有素的惯犯，他能真的恪守抢劫纪律吗？我心里没底。倒是，那个叫贾语文的，的确用了很多心思。他的这个时间表,是模仿美国二三十年代的"拉姆男爵"——史称世上最牛的银行抢劫犯的风格。Lamn 团伙在 1919 年到 1930 年的十二年间,在美国各地银行席卷了数十万美元。在丹佛市中心一家银行,他们用九十秒,干脆利落地抢走了二十多万,这在当时,是巨款了,因此被称为史上性价比最高的银行打劫。那是银行抢劫罪恶史的里程碑。后来,有点追求的抢劫犯,都把 Lamn 的系列银行抢劫案当教科书。贾语文显然崇拜这个叫 Lamn 的人,言必称拉姆原则。看起来,他也是这么实践的:仔细了解银行内情;制订进入和逃跑路线;一人一岗;明确分工;严格守时。

此人必须干掉!成吉汉说,他若有成功经验了,祸害就非常大。

边不亮的第二个问题是,你确定他们真的是假枪、塑料子弹吗?

这个,应该没问题。猄猁说,小非洲带给他姐姐看了一颗子弹,是一粒黄豆大的橙色塑料豆。她弟还说贾语文训练他试射的时候,七八米外的复印纸都穿不过——不知这是什么鬼枪,估计我们小陈都看不上——所以,贾语文自己特意又备了一把匕首。小非洲说,贾哥一直告诉他,那假枪外观和五四手枪一模一样,所以,肯定能有效威胁保安。也就是说,能让保安全部趴下,不妨碍他们行动。保安一趴下,贾语文马上抢走款箱(他对各种款箱都非常熟悉）。就这么简单。不用真的开枪，假装要开枪，指着他们，他们就发抖了，因为金融保安都知道五四手枪的威力。真的开枪，反正也打不死人。

多大威力？五四手枪。边不亮说。

呃……猞猁说，二十五米内穿透薄钢板没问题。初速一秒四百多米吧，最大飞行一千六百多……

别说了，再说他更怕了。成吉汉拍着边不亮的肩头，说，兄弟，你是不是被喉咙上的那一刀扎破胆了？

没想到边不亮说，是。

成吉汉和猞猁都没想到边不亮这样回答，一时静场。两个真男人有点尴尬和失望。最后，猞猁用手扫荡了两下边不亮脑瓜上的朝天洋葱辫，表示安慰与振作。成吉汉也两手抓握了边不亮肩头一把，以示理解和保护。三个人互相瞅着，静场持续。猞猁换了一副迟缓不决的懒散语气：要不……算了，放弃算了。让那些警匪都听天由命吧。爱死死，爱成成，跟我们无关。

边不亮却摇头了，说，惩罚恶人、看恶人难受我已经上瘾。只是，我真的不知道那枪有多大的威力——关键是我们没有枪，敢抢银行的，肯定都是不要命的亡命之徒……

嗐，他们不也是假枪吗？成吉汉说，儿童玩具嘛！要不我们也给你配个五四玩具枪，反吓他们去？成吉汉对猞猁挤眼睛扮鬼脸。成吉汉比猞猁更加相信劫匪的假枪。猞猁却没有接腔。他没有再宽慰边不亮，也不想太鼓励边不亮无畏。但成少玩具枪的逗乐建议，他根本不过脑。这事当然不是成吉汉想的那么简单有趣，反制银行劫匪，的确是有高度风险的。猞猁自己可以不怕，但不能让别人也没有畏惧感。他暗自反躬自问，这样引诱他们对不对。其实他和成吉汉已经没有多大区别，就是那种毒瘾发作、子弹出膛的心理状态。他们是绝对眼里容不下沙子了。对法律挑战，似乎也变成对他们个人的挑战。天真应笑我，早生华发……他脑子刚过了一句苏轼的变句词，就听到边不亮说，他们一个拿枪控制保安，一个提钱箱冲上几十米外的出租车。那拿枪的人，什么时候撤退？

　　出租车同步过来接他。猞猁说。

　　为什么不直接停在信用社门口的机动车道上？成吉汉问，边不亮也问，那样不是更快逃走？

　　猞猁解释：因为那个进出口马路对面，有个治安岗亭，其次，那个十字路口，是芦塘监控探头最多的地方——（其实都是模拟信号的普通破旧探头，但当时，连猞猁也不清楚）——用于逃跑的出租车，选停的那个榕树下位置，树前的路灯也坏了很久。钱箱一提上车，抢匪会强制的哥开启后厢盖，挡住车牌，由那条广场外辅道，逆行二十米冲回农信社门口——大概需要五六秒钟，持枪人——也就是小非洲上车后，车子马上右转驶入大路。整个过程，即车辆所等候、所逃离的路线，留给农信社门外监控的，都是看不见车牌的侧影、背影。再然后，他们逃向省道上高速，完美脱逃。猞猁估计，如果一切顺利，他们抢钱得手到逃跑，最多两分钟。

那个治安岗亭，其实是世纪大厦的保安停车收费点啊。边不亮说。

对，但他们不敢冒险。万一有保安杀出来就麻烦了。

既然翻后厢盖，隐藏了车牌，为什么不直接就停广场辅道等呢？不是比榕树下更近？边不亮问。

他们考虑到了。广场周末那个点，人还是比较多。辅道上往往有占道停车，逆行进退空间少，一旦交会堵车就耽误时间甚至无法脱身了。此外，据说他们不想让的哥提早知道载了什么客人，否则会麻烦。他们要悄无声息地速战速决。

猞猁知道还有一个阻击方案，他没有说。那就是在高速公路口设卡拦截。但是，这有几个问题，一、只有警方能设卡拦查，他们参与不了。先别说警察信不信你，听不听你安排，单单成吉汉这边，他就会生闷气，新年快乐的英雄梦不是空转了吗；二、还要确保小非洲贾语文在逃跑中，不改变计划，一定从那个高速口子出去；三、还是老问题，他必须给蜻蜓饭草一个放不走小非洲的合理交代，就是怎么杀人不见血。

其实，不管怎样，只要事先惊动警察，他们本身就会麻烦；那么，如何在最好的火候，最合适的时间空间点，报告警察，这是一个非常值得研究的行为艺术，还涉及蜻蜓饭草的人身安全问题。要让新年快乐英雄梦放飞，让不法之徒全部落网、又不惹毛警察、还要让蜻蜓饭草接受的完美方案，猞猁心里还没底，因为变数太多。

猞猁本来以为边不亮会提出最后的关卡问题，如果问了，他也准备如实回答。但是，边不亮没有问。边不亮已经考虑到前头去了。边不亮说，他们一旦动手，肯定会有路人甲、乙报警；我们自然也必须报警，并在第一时间，报告110他们的逃亡方向，然后我们协助警方合法追踪，一直到关卡？

没错，成吉汉说，从时间表上看，我们先负责阻击犯罪，再让警方负责堵截恶人。蜻蜓饭草由猞猁负责保证人身安全。

成吉汉的下意识里，他的土八路永远是主角。猞猁看着他们，在想，虽然不是科班出身，但边不亮成吉汉直奔核心要害的直觉，完全是一个好警察的天赋。

边不亮最后问了一个问题：一百万，到底有多重？

猞猁说，百元币十万块约两斤三，一百万再加上款箱自重，大约十几公斤吧，提着跑是比较费劲。

哇！边不亮惊叫，我们穷人怎么也想不到，钱也会重——还这么重。

会议确定的行动方案是：当日下午，两名值班保安除外，四名包括边不亮和郑氏兄弟在内的新年快乐保安，穿最像特警的那套黑色作训服，下午五点起在芦塘广场附近巡逻，配置是防暴头盔、一米二防暴棍，及防割手套。对讲机确保充满电。巡逻队员将在运钞车驶进农信社时立刻靠近现场，看猞猁指令出击；成吉汉带一队员（临阵称病腹泻，未到场）驾车跟踪接应的出租者，也就是守候在蜻蜓饭草接应车的后面；猞猁一身便衣，就在农信社隔壁的手机店，挑选手机守候着，他随身带着一支十六厘米的小电棒，他的对讲机耳机线很像MP3耳塞。一开始追逃，消防退伍兵的那个保安，就立刻打110报警拦截。

方案看起来没有问题，但是，猞猁还是犯了错误。他的轻信，当然还有意外，或者说，意外加重了他的轻信后果。

那天三人会议结束前，猞猁为显示民主与郑重，他站起来最后一次发问：

是不是再考虑一下，确认我们的选择：直接报警，还是群众扭送？

群众扭送！成吉汉说。边不亮说，当然。群众扭送。

"群众扭送"又称"公民的扭送"。扭送是指公民在紧急情况下,将犯罪分子送往公安机关、检察机关、司法机关处理的行为。即所谓:法律赋予公民同刑事犯罪做斗争的一种手段,体现了我国刑事诉讼法规定的依靠群众、实行专门机关与依靠群众相结合的诉讼原则。

过目不忘的学霸边不亮,早就对扭送条款倒背如流:"刑诉法第63条规定:对于有下列情形的人,任何公民都可以立即扭送公安机关、检察院或者人民法院处理——1. 正在实行犯罪或者在犯罪后即时被发觉的……"

边不亮站起来,够了,只要这一个情形成立,就有了法律的尚方宝剑。边不亮不想再背诵余下不相关的情形了,成吉汉却意犹未尽,大声接口:"2. 通缉在案的;3. 越狱逃跑的;4. 正在被追捕的……"

他们不是念给猞猁听,更是念给自己的梦想听。他们喜欢为自己的梦想,涂抹厚厚的法律黄油。情况很清楚了,现在,即使猞猁真的想取消行动方案,选择直接报警举报,他的伪币队友也绝对不可能答应了。这也是最后,边不亮和成吉汉,尤其是边不亮感到愧对猞猁的起因。

21

小目击者

那个四岁的小男孩,尽管口齿不清,时不时尿床,但是成功地俘获了阿四的心。尿床是小家伙不可言说的痛,阿四却不管不顾地在人前人后嚷嚷咆哮、大肆宣讲人家的丑闻。小家伙说不过阿四,打不过阿四,只能吐口水跺脚,反复跟阿四绝交,但一到晚上,他还是抱着玩具熊,低三下四地挨在阿四附近等拉拢,等着顺水推舟的好机会。阿四偏不理他,他只好一直悄悄移位,尽量在阿四能看到的地方,一边偷偷瞄看阿四;阿四就是视而不见。

阿四太坏了!小男孩只好找"底察叔叔"。他有时候求助双胞胎,有时候求助成吉汉来找阿四。阿四一定佯装怒气冲冲,摔锅打碗,拒绝求和,甚至让他滚蛋。小家伙就会扁着嘴巴,颤抖着下巴,拼命忍着不哭,阿四逗虐过瘾了,就突然哈哈大笑,一把搂抱过来狂亲猛啃。一大一小就那么再重新和好。

不止阿四，新年快乐的伪币们，都喜欢欺负小男孩，以逗他为乐。一开始来的时候，正是寒流天，阿四嫌他脏，带他到女澡房洗澡，洗到第二次，小家伙不干了，坚决要去男澡房。阿四让双胞胎带他去洗，双胞胎就骂他：真是身在福中不知福！等你长大了，想去也没机会了！男的带得粗，澡堂水多地滑也不知道牵护孩子，结果，小小的人差点滑倒。小男孩失衡前两手乱抓，一把抓住了郑贵了的"辫子"，郑贵了疼得大骂：你他妈要是进女澡房，我看你抓得了谁！

一个中午，猞猁驮着小家伙去买酒。坐在猞猁的肩膀上，小陈很神气。遇上能认的个把字，小家伙就神气活现地大声磕巴：……大！……口！……人！

等念到：……吃……小……朋……友！

猞猁说，什么？再读一遍！

小男孩用力地指着一个门店。

猞猁一看，笑得差点摔下男孩。他驮着小家伙大步往"友朋小吃"店里赶，走走走，去问问店里要不要你。小陈已经明白不对了，他不准猞猁前进，双脚鼓棒似的踢打，打得猞猁胸口砰砰响。猞猁按紧他的小短腿，毫不减速：你又香又嫩，辣椒油炒炒，要不凉拌，先吃耳朵！肯定很脆。小男孩一紧张，噫——噫——噫地，一句话也说不出，憋得他死劲揪扯猞猁的头发，放声大哭。

致新年快乐

说起来，还是成吉汉比较和气，一大一小经常促膝谈心。

有一次，成吉汉和小陈在库房那头玩滑板，那是在他们一起摔成狗啃泥之前。小男孩非常羡慕成吉汉的滑板飞翔身姿。他总是瞪圆眼睛，一眨不眨地望着成吉汉展翅翱翔。休息的时候，小的陪着大的坐在库房前草坡上。

小男孩说，……底察都……飞吗（小男孩理解的滑板速度与风姿）

成吉汉说，当然。

小家伙指成吉汉的瘸腿，很是关切：……坏……坏人……杀的？怎么……杀？

成吉汉张开双臂，做了个雄鹰万里的动作，表示庞然大物。

小陈半张着小嘴，辣椒籽一样的圆圆小门牙，透着紧张和忧愁。

成吉汉瞪起眼睛、掀大鼻孔，极尽夸张表情：用车！用汽车杀！

小男孩一惊：那，你……救出……好人没？

当然！成吉汉弯臂，做了个凸显胸大肌的健美动作：那是绝对的！

小家伙仰望成吉汉，敬仰地流出了一点儿口水。这一大一小在庄严梦想的时刻，被四处找小陈吃蛋羹点心的阿四都看在眼里。阿四交叉手臂,站在一大一小的梦呓者的后面,扶桑树枝掩映了她鄙夷叹息的表情。

她倒没有破坏成吉汉的豪情雅兴。这一伙人的德行,阿四早就见惯不惊了。上个月,她家那对双胞胎,一个被扒手撕坏了耳朵,半个脸,包扎得像梵高的头,他们抱着小陈,自豪地对着食堂一整又一桌的年轻女工,一唱一和地吹嘘他们的英雄业绩:

——整个团伙全部打掉!一个不剩!一串贼押进去时,反扒警察都快哭了。

——哭什么?——哭他们的不眠之夜哪。

——不懂了吧?老百姓!想不到了吧?!要知道,我们抓得越多,警察要做的笔录就越多,那一份份笔录随便一份都好几页呀!警察至少得做到大半夜,熬天亮也很正常!你搞一串贼……

……

别说小陈,厂里那些年轻姑娘,面对这样威武的人生描绘,也无限惊异、无限崇敬。据说,在新年快乐,郑氏兄弟先后谈起了多次恋爱。阿四爆料,说有一次五个人两对半一起去看了一出巡演的地方戏。小陈听不懂台上咿咿呀呀的,闹着要回家找阿四。结果,两对美女英雄,哪一对都不愿送小家伙回厂,最后,不得不锤子剪刀布决定。

　　小男孩后来最不乐意跟郑氏兄弟玩,但双胞胎偏偏最喜欢逗弄他。而且,小家伙哪里痛,他们就往哪里打棍子。比如,双胞胎说,喂,你连话都说不清楚,怎么当警察?不能当。你看,我们大喝一声:站住!警察!干嘣脆,而你说,……站……站……站……,坏人早就跑光了!对不对?

　　小家伙摇头。小家伙说,以……以后。

　　以后干吗?

　　当!

　　那天,成吉汉边不亮几个在门岗保安室门口讨论一个消防设置,阿四带小家伙进大门,顺便对成吉汉告状说,小家伙非吵着要买一把射水的冲锋枪。成吉汉说那就配一把。但大家七嘴八舌,说,要小陈念一句话,念对了,马上去买,念不对,不买。小家伙连忙点头。

　　郑贵了指着墙上喷火手枪图案的两侧,我先念一遍,你再念一遍。不能错,错了,就不能配枪。小家伙凝重点头。

　　来——让好人笑,让坏人哭——你念!

　　小家伙瞪大眼睛,一眨不眨,似乎在小脑瓜里刻字。

　　念啊。郑富了说。

　　阿四也催促,说,乖宝念!

不慌不着急，边不亮蹲下来和小陈同高，说，你可以的，没问题。

……让……让……小男孩握紧双拳。大家保持安静地看着他。男孩的小拳头开始发白。

……让，好人哭坏人笑！小家伙后面几个字又急又快。大家正要鼓掌叫好，成吉汉一拍桌子大喝一声：昂？！——好人哭？坏人笑？

所有的人一愣之下都一起哈哈狂笑。小家伙有点懵，不安地环看大家。

郑富了直接宣判：你完了！小陈。你当不了警察啦！好人都在哭，坏人哈哈笑——开除！你不需要配枪了！

谁也没想到，小家伙很明白这个道理，因为自己口齿不清，又很难再利索地重说一次。他盯着郑富了，他气势汹汹地盯着郑富了，小脸憋得通红，还是憋不出正确的句子，越急越不行。小男孩哇地大哭，哭着跺脚猛吐口水。

猞猁正好进来，一把抄起小男孩，横在腰上：走哇，叔叔给你配。——他们都是鬼子！你才是真正的警察！

如果小男孩长大后，能保持他三四岁时被拐卖后的记忆，他就可能一辈子都能回味到：在一个遥远的、乡下的"底察局"，他得到过最具梦幻感的童年时刻；有个叫猞猁的叔叔，不止实现了他一把水枪的小小梦想，而且，他的命都该算是这个叔叔给的。他是幸运的被拐孩子，在他的人生之初，不仅逢凶化吉，而且与众不同地有了置身愿望与愿望同在的奇缘。一群默默无闻的天真梦行者，成了他梦想最牢靠的基础和最真实的出发。人间有多少小心愿，能获得这么多人的齐心哺育与共同滋养，人之初，又有谁能被一群同志携带着贴梦飞翔？从这点上说，他比成吉汉幸运太多。

据说，二十多年后，那个长大的小男孩，真的是进了警官大学，但后情不详。我想，他可能会记得，有人会不惜用鲜血和生命，去维护另一些人的鲜血和生命的完整。他可能也会比一般人更早明白，什么叫不求回报的付出，什么叫牺牲以及牺牲的意义。

我希望有一天，我会见到那个男孩子，也许，就像见到曾经年少的成吉汉。

22

马勒《第五交响曲》

阿四带着小陈在芦塘广场等现做棉花糖的时候,距离案发的农信社差不多二十米不到的距离。那个太阳刚刚下山的芦塘广场,金色和暮色的天光,正在交接班,天地间弥漫着夹杂着炊烟的,令人想回家的淡淡暮霭。但广场上,还是有很多父母带着孩子,揪着周末娱乐的剩余天光尾巴。

在四周插着红色三角旗的游艺车场子旁,不少孩子围在那个打棉花糖的三轮车边。摊主依照孩子的喜欢,往白糖里加湖蓝色、橙红色、黄色颗粒。一个得到一座蓝色冰山一样棉花糖的女孩,兴奋得连声尖叫。小陈非常羡慕。

一开始他是说要橙红色的,他的橙色棉花糖也正在糖丝里一圈圈变大。可是现在,他觉得小姐姐手上的蓝色冰山,非常了不起。他手指蓝色棉花糖,阿四就翻译他的意思,对摊主说,换蓝色的,不要红的了。摊主停下机器,说，哎，已经在做了。阿四说，给别人。我们改蓝色的。摊主问排队的小朋友，谁要橘子色的？小孩们都不说话。阿四说，你直接再加蓝色的做下去就是啦。摊主说，那成什么妖怪色。不行。阿四说，那这个红色的就送我们好了，反正才地瓜大。我再买一个蓝色的！摊主坚决摇头。阿四怒了：看起来是比头还大，其实拢共才一小勺糖，你真是个死脑筋！

阿四自己动手把橙色半成品粗暴取下来，给了小陈。

阿四说，再做一个蓝色的！做！

摊主说，你要另外给我钱啊。

就是这工夫，喜新厌旧的、踮脚接过橙色小棉花糖的小陈，一眼看见了站在手机店门口的猞猁。这个时候，开进芦塘广场的金杯牌运钞车正在倒车，准备把屁股对准银行门口台阶。四名新年快乐全副武装、犹如特警的巡逻保安，也正在远一点的辅道树丛浓荫下，不动声色地监视着运钞车，并往这边靠近。

之前，郑氏兄弟中的一个——不知道是哪一个——一直憋不住用口哨吹《威风堂堂进行曲》，但遭到另一个人非常夸张的恶声制止。看得出，这支队伍每个人都非常紧张激动。之前，双胞胎中的一个，一直建议成吉汉急购一个比人高的半圆叉子，说，可以一两米远就把劫匪叉在墙上。因为，抢银行的人有枪。但最后，大家又都觉得没有用，武器太夸张,太引人注目也不好。边不亮说,假如对方真的有枪,长叉子根本没屁用。还有人嘲讽地建议,借小陈的水枪用。

成吉汉觉得边不亮说的对,不如配防弹背心。结果他们真的到安保器材店,买到几件可拆可调的防弹背心。只是,狳猁没有用。有了防弹背心的新年快乐队员,简直恨不得立刻沧海横流、天下大乱,他们觉得自己刀枪不入、比特种兵还牛。这群二货,根本已按捺不住亢奋欲癫的心了。要知道,这可不是小打小闹、小偷小摸啊!这是震地惊天的银行抢劫阻击战!!他们甚至对劫匪用塑料子弹的情报,心生沮丧。这种对手太没劲,一句话,就是劫匪配不上他们!

再回到现场。

阿四事后说,小家伙一跑动,她就顺向瞥见了狳猁。这使她放心地跟小气的棉花糖摊主继续价格缠斗。她回忆说,在新年快乐那么多年,她第一次看到狳猁把长发理成平头,胡须全部刮干净。浅灰的T恤,牛仔裤,外套一件黑色帆布背心。她说她从来没有看见狳猁那么利索过,从来没想到狳猁那么帅。

小男孩跑向狳猁,他举着小火把一样的棉花糖,他要给狳猁看看,他马上还将有一个蓝色的冰山。与此同时,小家伙也眼尖地看到了行道树后面持棍的、新年快乐的警察叔叔哥哥们。那边，一样的，也是他最熟悉最喜爱的人。

猞猁慢了这十几秒。他一心想让抢劫开始发生。他要看到有人提起款箱再出手。他要稳操胜券，他要置对手于死地。这也是他们的原定计划。他以为小非洲不可能开那个玩具枪，就是开枪了，也没什么大不了的。但是，非常震惊地，他听到了真正枪声，看到了刚从车头下来的持枪保安的倒下。

很响的枪声，连续两声，让阿四一度以为广场上有人放鞭炮。那时，三个款箱被经警，及一男一女职员正鱼贯提出，走到运钞车后厢。从宣传栏那儿冲过去的蒙面小非洲，突然看到副驾座下来了一个持枪保安。平时窝在车头那个懒保安，几乎都不下车的。他怎么今天突然持枪下来了？小非洲大惊，没有过脑，一指枪就打了过去，那持枪保安在车边倒下时表情还是懵的，他简直不相信地上那么多血是他的。小非洲自己也在发愣。送款的三人吓得一下子蹲伏在款箱边，那个时候，已经有一个款箱放进车中了，与此同时，一个和小非洲同样高大的蒙面身影冲过来，拎起一个款箱就跑。那经警急得起身大喊，抢劫——！小非洲给了他一枪，经警趔趄了一下，也倒下了。女职员再度惊叫，男职员似乎想用款箱砸小非洲，或者想扔进车中。只是一个动箱动作，小非洲又给了男职员一枪。

飞速冲来的四名新年快乐巡逻队员，被一下子的三枪动静吓住了。郑氏兄弟看到血后，互相看了一眼，脸色默契地惨白。他们不由自主地共同后退。毕竟第一次遇见枪。这他妈的是真枪啊！他们退了两步，又退了两步，心虚地互相征询着，确认进还是退。

边不亮一声怒吼：上！猞猁在那边！

双胞胎一个在腿筋发颤，一个说有点喘不上气。边不亮早就看到了地上的一大摊血。这当然不是、绝对不是塑料玩具枪了。

几乎同时，对讲机里传来猞猁的行动指令。他们看到猞猁从小非洲侧面飞速跑来。而四名特警模样的持棍者，让小非洲认为就是警察，他们虽然迟疑，但似乎正开始扇形逼近。小非洲惊慌了，他撒腿往出租车方向飞跑，跑了两步，顺手一把抄起向他迎面跑来的小陈。举着棉花糖的小男孩，习惯了警察叔叔警察哥哥的战斗姿态，他以为是游戏。而阿四的锐声尖叫，反而吓愣了小男孩。

小非洲把枪顶在小家伙头上，环看着吼：再靠近，就开枪！

猞猁停下。阿四很英勇，她还是冲向小非洲。她只想着夺回小陈。

阿四嚣张无忌的人生，恐怕第一次这样，为了不相干的人，舍生忘死了。

小非洲一枪就打在她大腿上。阿四跪下，捂腿死命尖叫。一条腿立刻红湿了。她拼命向小男孩招手。小家伙这下子害怕了，丢了棉花糖，哭号尖叫，一边抓扯小非洲的蒙脸丝袜。小非洲抡起枪把，想把孩子打怕，但小陈扭动挣扎更剧烈，还吐他口水。小非洲把小陈一拳击昏，他扛着安静下来的孩子，吃力地往出租车那边撤退。

猞猁大喊一声，放下孩子！我跟你走！

小非洲看了他一眼。

猞猁喊：我是他爸！！

看着后面围上来的持长棍的特警队员，小非洲急得用手枪狠狠指着猞猁：别靠近我！

猞猁把上衣脱光扔下。小电棒、对讲机随之隐秘落地。猞猁一脚踢开，举手表示手无寸铁。他边解释边靠近小非洲。小非洲一直拿枪指着猞猁，他的手在明显抖动。他不知道这最后一颗子弹，怎么能保证护送他到蜻蜓饭草的车上。而猞猁也算到他还有最后一发子弹，动作也很谨慎。双方都在往出租车方向移位。猞猁看到边不亮已经出现在小非洲的正后方，但是，因为男孩子在小非洲肩头，因为正面有猞猁，边不亮不敢贸然飞刀。

赤裸上身的猞猁边跟跑，边把两手放在头顶大吼：放下孩子！我跟你走！——快放下！

小非洲其实也被小陈弄得手酸腰痛。用最后这粒子弹威慑大人，肯定是对的。但他怎么控制得了一个精壮男子做人质？这孩子的父亲有点眼熟，但也没时间搜索记忆了。抱着娃娃奔走太慢太累了。但他必须逃往姐姐的出租车，贾哥为什么不让出租车走紧靠近我这边呢？小非洲的脑子有点混乱，前面看不到飞驰而来的接他的出租车，后面追兵步步逼近。扔下小孩放弃人质轻装逃跑，是不是最正确的选择，孩子的父亲会不会急着抢抱孩子，放过他？

就在这放下孩子的一瞬之间，边不亮出手了，弹簧刀飞镖一样，扎在了小非洲右背胛骨上。小非洲一声尖叫，他惊恐地以为自己中弹了。双胞胎兄弟也一起如猛虎围扑，几支防暴长棍纵横猛打，豪气干云。姐姐的车在哪里？乱棍下，小非洲觉得自己快死了。心理一崩溃，他抱头哭号起来。

照例，郑贵了非法携带的手铐，非法派上了用场。

猞猁没有停留。边不亮默契地一指成吉汉车子所在辅道位置。猞猁喊了一句，110！高速路口！他往广场外缘辅道那边飞跑。

贾语文提的款箱是九十万，即使重，他也还是按二十秒的计划，跑到了出租车边，一把拉开副驾座，蹲了进去。开车！他没有扯掉蒙面黑丝袜，马上把衣服反面穿上。看蒙面人抱着款箱冲进车，司机眼睛瞪得很大：这是……我刚还以为是炮仗。

快开！贾语文把刀顶在了司机脖子上：把后厢盖翻起！快开！

的哥马上翘起车后厢盖，但表示不可以辅道逆行。贾语文也不说话，只是用力点了一下，刀尖就扎破了司机脖子。

司机大叫，走走走！小心点！你扎到我了！！

枪声让蜻蜓饭草小便失禁，坐垫上涌起的发烫感觉，并没有让她感到难堪。惊惧完全覆盖了羞耻感。她只感觉到了弟弟的危险。车外暮色渐起，芦塘广场天色走暗，乡镇的广场不像城区街道那么明亮。刚开始，她看到巡逻而过一队新年快乐保安，心里还十分宽慰。后来，她惊恐地听到了三四声枪声，她也希望是出租车师傅评论的"谁在放炮仗啊"。但马上，她听到了远处人声不清晰的尖叫，也看到了人员的异常跑动。肯定出麻烦了。她非常担心这样的混乱，会导致弟弟上不了逃跑的车。他怎么这么慢！蜻蜓饭草焦虑地按下玻璃窗，忍不住呼喊起来：

黑桂——！黑桂——！我们在这！——

闭嘴！！贾语文喝道，窗户摇上！

我在催他！蜻蜓饭草说。

关窗！冲过辅道！——快！贾语文命令的哥。

停下！师傅！蜻蜓饭草大叫，我看见他啦！哎！！快停！

不许停！贾语文喝道：往前！前面等！

蜻蜓饭草用力拍打椅背，又擂窗尖叫，快停下！要开过他了！

走！贾语文吼道，往前！！！

蜻蜓饭草喊，再不停我跳车了——

的哥猛地刹车。贾语文差点栽倒，他一下把刀对准后排。他怒不可遏，要蜻蜓饭草闭嘴。就这当口，早已偷偷开好车门锁的司机，借机一骨碌滚了出去。一出去他就没命地大喊：杀人啦——抢劫啊——

贾语文和蜻蜓饭草同时拉开车门，各奔一边。贾语文蹿向车头，坐进驾驶座。他马上猛踩油门，汽车"呜"地发出巨大轰鸣，他连忙退出停车挡，又一大脚油门，把车撞到了右前方的行道树，再急忙后退，摆正车身。几个疯狂来回，贾语文终于稳定驾驶了汽车。蜻蜓饭草则拼命跑向广场人员纠集处。她还是想救走弟弟。她甚至没有看到猞猁冲过来。猞猁看到了她，但猞猁没时间喊她。她不在车上让猞猁更安心。不过，这未必是好事，也许她在车上，猞猁可能就无论如何都不会让成吉汉开车了。

即使边不亮没有告诉成吉汉跟踪车的位置，猞猁也可以凭窗口溢出的音乐准确跳进成吉汉的车里。成吉汉一开始就犯了错误，按计划，他的车应当完成阻碍。在贾语文提着款箱一进出租车，他的车就马上斜插过去，把出租车尽量别住，制造阻滞。不过，事后，听说是他正好被一个推着童车而过又掉了水果袋的女人挡了一下道。

我开。猞猁一把拉开驾座门。

上！你先上！成吉汉一指前车——他跑啦！

猞猁一秒的迟疑，便急奔向副驾驶。这是猞猁犯下的第二个错误。

他应该坚持自己开车的。车门一拉开，猞猁几乎被高保真汽车音响震晕。猞猁一把关掉音响，成吉汉立刻打开，只是小了点音量。猞猁咬紧牙关。他的确是该马上跟成吉汉这个菜鸟换位置，但是，看到前车已经蹿出好远，成吉汉已狠狠踩油门追了出去。

成吉汉的车，显然比疲于奔命的出租车破捷达动力足，但是，成吉汉的确不是好手，他只是这半年来开多了，有点妄自尊大起来。

让猞猁稍稍欣慰的是，贾语文果然也是个生手。看来小非洲没有胡说。小非洲说，因为贾哥很久都没有开车了，为了快速安全撤离，万无一失，所以才决定雇专业司机，也才有了蜻蜓饭草接应的发财机会。小非洲还劝姐姐——人家基本是给你送钱的。

周末的傍晚，行人还是不少，还有乱跑的孩子；乡镇的人和猪狗畜生，都是不理会什么交通规则斑马线的。两个笨蛋驾手的疯狂逃命与疯狂追车，让猞猁感到心脏欲爆。他不得不控制自己的嗓子，在不断的、迎面打来的千钧一发险情中，柔声细语地提醒成吉汉降速、拐弯、闪避来车。

而狂妄的成吉汉似乎已经进入想象的激情人生，他目光远大，神情庄严，还不时寻机摸大音量。猞猁则不断把音响调小。来回几次，成吉汉竟然拍方向盘怒吼："小号！小号！你灭了一声灵魂小号！"

"混蛋！隔离墩！"猞猁喊，他直接左推方向盘避险。他没法跟成吉汉解释，这是真正的追捕，不是人生如戏；这是随时车毁人亡的致命追击，没有第三只眼睛观礼。猞猁再次把干扰的音响关闭后，成少竟然在癫狂中，又去摸音量开关。猞猁把他的手，狠狠打掉。成吉汉一拳打在猞猁左腮上。不重，但这是他的极限警告。成吉汉变脸了。

成吉汉吼的是："恢复马勒！——勇往直前——"

猞猁一把关闭音量开关，并用手扣住旋钮，"行。先换座！"

成吉汉的嗓子在微微颤抖："你不觉得吗——兄弟？我从没发挥得这么棒过——他死定了！"

"我开！！！"猞猁怒吼了。

"一停车他就没了！"

"我追得上！"

"滚！"成吉汉歇斯底里了，"滚下去！老子行！！！"

我能想象成吉汉的暴怒与癫狂。和我母亲一样，他们的温柔与暴烈是随时转境的，没有过渡期。我父亲有一次骂他是六亲不认的疯狗。而在音乐中，成吉汉就像一瓶喷涌胜利泡沫的香槟酒，不，他本身就成了易燃易爆物。有一次，我坐他的车，我不记得是什么曲子了。他一个新手，他的大拇指，不，他的整条手臂的骨骼深处，都在方向盘上，不易觉察地以"电触"似的节奏，合着旋律节拍在抖动，突然，他不打转向灯就靠边停车，猛拉上手刹，然后一转身，对着副驾座的我，他举起双手：抱我一下——别说话。

我单手敷衍地揽了他。他紧紧抱住我。眼中泪光粼粼。我们彼此纹丝不动。我们就在那个旋律中悬停。

恢复驾驶时，他把音乐又倒了回去重听，喃喃低语里口吃而含混："每次……这段，都想拥抱人……朔风而行，对抗的力量……坚韧……充满……充满人类的勇气与尊严……好想抱人……"

音乐就是成吉汉的致幻剂。

是的，在音乐中，所有的光影、人形、景致、颠簸与离心力感，飞逝的街道，远方的山岚雾气，乃至抽象的事物，所有的一切，全部在车行旋律中刷新、变形、升华，尤其是辅之以速度时，音乐绝对让成吉汉脑浆沸腾，血液狂飙。普通人——哪怕是职业训练过的猞猁——都会在这样的紧迫危急当下，在安全为第一需求的前提下，自动屏蔽音乐的迷离与非现实恍惚，但成吉汉的艺术与人生，是没有间隔线的。没有间隔线的人，是多么危险的人。但猞猁的痛悟，已经太晚了。

猞猁开始是想，只要熬到高速路口，一切就结束，没想到，贾语文不仅车技烂，根本是个路盲。他完全搞错了方向，也许逃跑的环节，他因指望出租车而疏于用心；也许是太过紧张，头昏脑涨，他竟然开向通往库北敬老院的新路，那和高速路口背向而驰，只会开向更深的乡村。前面是绝对没有警察设卡阻击了。猞猁通过成吉汉的对讲机告诉边不亮，他们开过敬老院，再下来的什么路，他也叫不上来。就是说，他已经不知道警察可以重新在哪设卡拦截。看来，只能靠自己把前车的中国 Lamn 搞定了。

如果是猞猁自己开，他有很多机会别住前车。他能熟练使用追逃截停技巧；贾语文开得颠簸而疯狂莽撞，他的驾驶不按常理出牌，又具有亡命之徒的死亡迟钝感；但是，成吉汉的方向盘，让他同样干瞪眼。在这样的音乐与速度里，没有一个预设能有时间同步执行。而稍微直一点的路段，成吉汉就摸大音响。"——来啦！——第五乐章！mahler Symphony No 5！——我的第五乐章！"

追捕者，沉醉于另一种疯狂。

猞猁狠狠捶击仪表台："操！我操！！"

已经是越来越典型的农村道路了。星稀月明，窄路无人。前车一定早就意识到走错路了，从车屁股都能感受到它的慌乱与疑惑。避过几头晚归的牛群，在一个丁字路口，它略微迟疑地拐向左前方一个更大的左弯道，猞猁厉声急吼："提速！撞车尾！"

成吉汉的车，火箭一样撞向前车。猞猁希望的力度与角度，只有猞猁自己的手和脚知道，这是无法传达给驾驶者的。成吉汉撞偏了，但撞得猛烈而毫不迟疑。出租车左前部的驾驶座，被撞向路边水泥杆子的水泥基座上，瘪进去一大块。

里面没有人下来。而成吉汉的车，不仅差点翻向左边的菜地水沟，关键是方向盘被压得直顶他的胸口，尽管隔着弹出的安全气囊，成吉汉还是被震晕了。炸开的安全气囊，带出一阵烫人的气体，赤裸上身的猞猁感到颈部、胸口、手臂一阵灼痛。

他们的车头变形了，猞猁一时开不了副驾座的车门，左脚有点软。他闻到了轻微汽油味，估计至少有辆车油管破了。就在他帮成吉汉打开驾座的门时，前车已经出现了火苗。两车紧挨着，不管谁的油箱被引爆，都是凶多吉少。

成吉汉被猞猁狠狠拍脸打醒，但成吉汉的左手没劲，也拉不开左车门。火势越来越大，猞猁放倒自己身子，开始用右脚猛踹车门。受制于成吉汉和车体内部空间，也囿于猞猁自己的左脚无力，他连续多脚，车门才终于踹开，开得也只有半大。

"下啊！"猞猁吼。成吉汉却说他的脚没感觉。猞猁猛地外推成吉汉，空间小、块头沉，猞猁使不上劲，他确认自己的左腿伤得不轻。车前已经火焰很高，熊熊火光中，两个人就像洞穴野人。猞猁最后不得不转体也用右脚，把成吉汉使命往外踹。成吉汉哇哇大叫，可能被踹伤了，但他还是被猞猁踹了出来，滚落在路边的菜地浅水沟里。

猞猁再费劲地把自己身子从变形的驾驶室解脱出来，才刚刚下地，汽车轰地爆燃了。

目击的村民说，是先后两团爆炸声。一辆车在巨大的、金红色的火焰中翻滚，包裹着黑色的滚滚浓烟，骤亮的熊熊火光，照亮了整个山湾菜地，半个天空辐射出金色的背光。

猞猁只需要再多一秒钟，只要再一秒钟，就可以趴在安全的菜地水沟里，和成吉汉一样。

但命运没有给他这一秒钟。他也可以选择不救成吉汉。我相信他完全有能力安全脱身。

23

沃尔塔瓦河

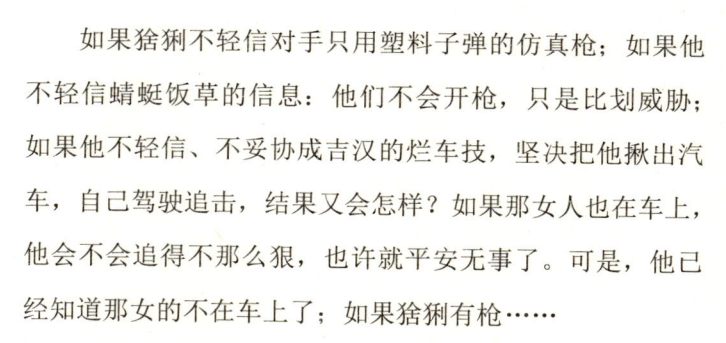

如果猞猁不轻信对手只用塑料子弹的仿真枪；如果他不轻信蜻蜓饭草的信息：他们不会开枪，只是比划威胁；如果他不轻信、不妥协成吉汉的烂车技，坚决把他揪出汽车，自己驾驶追击，结果又会怎样？如果那女人也在车上，他会不会追得不那么狠，也许就平安无事了。可是，他已经知道那女的不在车上了；如果猞猁有枪……

我父亲厌恶这些如果，厌恶这些于事无补的乱七八糟的假设。"二百五！一群猪！"父亲说，"他们只要事先报警，什么事也没有！"父亲的愤怒持续了非常久，我们都不敢跟他提猞猁。

事情刚出来，那些"伪币"们很亢奋，每天在关注媒体报道，研究品鉴报道用语。我知道，很多人，尤其是那帮悲伤倔强的"伪币"们，他们一直在"如果"、在"假设"中，执拗地怀想逝去的、不可变更的一切。他们天真而顽强地做着各种安全补充设计,他们在愚蠢地建设、在修订、在认真可笑地设计完善某种完美的追击方案。他们失去了一员大将,但是,他们坚持自评那是一次最了不起的侠客行。同等条件下,他们完成了警察也未必做得更好的伟大追捕,他们是了不起的成功者。他们偷偷蔑视我父亲的蔑视,现在,痛定思痛,他们只是想让自己的梦想,更加完美无瑕一点。

不过,成吉汉住院的后期,他们一个个看起来都是沮丧的、灰溜溜的。

刚开始,只要没有值班,他们就三三两两守在成吉汉的病房,赶走了又悄悄溜回来。阿四只住了两天院就出院了。小手术,子弹取出消消炎就没事了。她做各种营养炖品,然后亲自送进城来,亲眼守护着成吉汉吃掉再把空碗带走。

有时候,她也把小陈一起带来。小陈一进病房过道,就必定挣脱阿四的手,自己挺拔庄重地走向病房大门,然后,在成吉汉病房门口,立定,敬礼。里面有多少"伪币",他就举臂巡礼多少人。只是现在,没有人再回应小陈的敬礼了。第一次,成吉汉用不点滴的手,以剑指点弹额头回敬。

小陈奔向成吉汉床头:"坏人都抓住没有?"

成吉汉点头。

小陈回以更严肃的点头。但是,很快地,连小家伙都感到什么地方不对劲了。一到病房,他就目光深沉下来。他庄重地、似懂非懂地听着大人们的严肃分析与扼腕追思。

每次我过去,都看到新年快乐的那帮大小男人,挤在成吉汉套间病房外间。这好像就是他们最后的营地了。那个套间病房,再加上公司的员工,尤其是女员工,成吉汉的同学朋友,一个个走马灯一样,探望不断,搞得护士们心烦。护士跟我说,没必要这么多人陪床,影响病人休息康复。我跟边不亮说,边不亮点头,说,"排班守护都是一个人,没有多排。怪就怪该下班的没有马上走。"

成吉汉一直不怎么说话,大家也避谈猞猁。有时候,他只是戴着耳机,始终懒言沉默。即使这样,那些人还是不怎么走。我简直不知道他们的脑袋瓜还在转些什么念头。听说有一次,成吉汉失态,用被子捂着脸大哭,吊瓶针都带出来了,洇出的血弄红了一大片床单。把护士都吓到了。其实,成吉汉是中度脑震荡,再次叠加的左腿股骨骨折,都不致命。安全气囊救了他。猞猁救了他。他的头发都燎焦了,医生直接给他推了光头。那次,是他受伤后,唯一的一次情绪失控。

边不亮一直沉默着,一如既往的安静。不夸张、不喧哗。但据说让成吉汉那天捂被号啕大哭的,就是边不亮。

是边不亮一进病房,就紧紧拥抱了病床上的光头。他说:"我没后悔。"

成吉汉顿时泪流满面。

阿四一想起猞猁就抹泪。郑氏兄弟事后也有了高扬的公允心,他们异口同声反复重申:路遥知马力、日久见人心,他们那天才第一次发现,猞猁骨子里就像一个真正的警察。他是一条真汉子!兄弟俩一式用宽褶子的大眼睛,虎视眈眈的语气,瞪着他们的诉说对象,随时准备反击不认同猞猁褒评的人。在这样的生死境遇里,双胞胎还默契地共生出一种奇怪的优越感。他们觉得自己和一个真正的英雄,并肩出生入死过了。

农信社那边,那个平时吊儿郎当的武装押运保安,被小非洲一枪毙命。其他两名受伤职员都没有性命之虞。小非洲自然是面临死刑,尽管他很方便、也很努力地把责任都推给了死无对证的贾语文。

蜻蜓饭草的责任问题,费了一点周折,我父亲也动用了政法人情,主要是确认她在抢劫案中被胁迫的性质,以及为阻挠犯罪发生的积极行为。在小非洲一审死刑判决前的一周,蜻蜓饭草到公司想见我父亲,也许是成吉汉告诉她,他父亲正在芦塘。

通报说她求见,我父亲一挥手,对秘书说:赶走。

秘书迟疑了一下,老成怒吼:不见!——让她滚!

我去见了她。我说父亲在会议中,托我见她。

那个女孩一看见我,泪水就直淌而下。她没有发出哭泣声,就是泪水嘟噜、嘟噜成串连线地掉。她至少两次想开口,结果还是泪水难抑。她两次手背挡嘴,似乎想镇定地咬住哭泣挡住泪水,但就是出不了话音。我从来没有看到这样无声而汹涌的悲伤,递给她纸巾盒后,我只能默默地看着她哭。很意外,即使她哭得眉头鼻尖发红、鼻涕垂吊,我依然讶异于她的美,不论是外部轮廓线条,还是任何局部细节,那种令人放空脑子的、微醺感的清晰美丽,根本无需任何外来光耀,它都美丽自在。

直到她对着我跪下来,我才明白,她不是要我们帮助她弟弟从轻处罚。她跪着伏地,久久没有抬头,脸伏在地面的她说的是:"对不起。是我害死了林羿。这世上……要是没有我,他一定现在还活得好好的……该死的人是我……"她说,"林羿之前说给我种了一盆植物,生日会送给我。今天是我生日,我替他来取……"

这个,我很意外。周围的人一听,也都在发蒙。我让办公室的人赶紧去找。找来找去,说有一小盆叫熊童子的多肉植物应该是,就在成少办公室外窗台下,空调外机旁。一个秘书说,记得之前猞猁有问多肉植物怎么养护。那就算是这一盆了。她们说,熊童子的每一片胖叶瓣顶,都有几个小褐点,看起来就像熊宝宝的爪子,所以叫熊童子。

由于无人照顾，那盆熊童子都有点失水发蔫了。

蜻蜓饭草一见就说，是它。她说以前林羿说过，女人就像多肉植物，一碰就破；被照顾得好会非常漂亮，但没人爱护它，也能顽强生存。蜻蜓饭草说着眼泪又嘟噜下来，我也心中一阵堵滞，是的，此情此景听到这种话，仿佛就是在听猞猁预留的遗言。蜻蜓饭草把熊童子抱在怀里，就走了。

在大家为她寻找猞猁留下的生日植物时，她呆望着窗外跟我说了一些猞猁的情况。她说，"他生气的时候，是很凶，甚至动手，是有点……粗野。我同学包括我弟弟，都骂我是贱骨头，但是，他这辈子先被我毁了。我也知道他爱我，他一见钟情地爱我，尽管他从不承认……知道我爱吃鱼，因为我小时候只能吃到鱼头或者鱼尾，他就学会了十一种鱼的做法，每周末换着做给我吃……我享受了他外人看不到的温柔，我还知道，他骨子里就是……真正的警察。敢担当、能担当的那种男人……他就是被我害了，倒霉透顶，我害了他一辈子……我怎么一直在害他……我知道，他永远不会对我说我爱你，但是，这不影响我爱他。"

银行抢劫案历来都是备受关注的大案。关于这起复杂的银行抢劫案，媒体的报道口径都很厚道单一，一致性非常正面。各媒体说到了群众见义勇为，说到蒸蒸日上的社会风气，说到了警察紧急部署在第一时间围追堵截。警察对媒体，十分肯定市民不畏牺牲的古道热肠，但是，警方强调：警方绝不鼓励、不支持市民群众轻率见义勇为，不希望群众付出鲜血和生命的代价。专业的事情，让专业部门来干。警方呼吁市民切切引以为戒，珍惜宝贵生命。

摆平舆论大门，警方转身严厉训斥了新年快乐的反扒志愿者，据说是有个专门会议。公安严厉批评新年快乐的保安"自以为是""越俎代庖""知情缓报、擅自执法"的恶劣行为。公安严肃指出：综合相关人员笔录，及多方走访调查情况，警方得出的结论是，农信社银行抢劫案，所有人员伤亡，基本都是可以避免的。这就是群众盲目冲动的不理性代价。

"为什么不报警？！你真以为你是谁？！"

成吉汉刚刚苏醒，就听到老子对儿子的变声咆哮。我多年没有听到父亲对成吉汉爆出那么歇斯底里的疯狂声音，要不是儿子伤痛在身，我觉得他可能会狠狠扇他儿子一耳光泄愤。

我父亲为猞猁操办了隆重的葬礼。我第一次看到父亲老泪纵横。他相当于失去了一个最有力量、最可依靠的儿子。那份悲伤，让父亲显得衰老而神经质。父亲还赔付了出租公司的那辆捷达出租车。我们自己的新帕萨特也毁了。可能还有一些七七八八赔款。农信社也派员来看望了受伤的成吉汉。留下的慰问金被父亲怒退，而被慰问者成吉汉，没有表态，也自知没有表态的权力。这事公安最终没有追究新年快乐保安其他更多责任。算是理解和尽力呵护了群众自发见义勇为的主观意愿，肯定了不怕牺牲、邪不压正、弥足珍贵的人间正气。

但很快地，警方在全市开展了"清理整治非法穿着仿99式警服专项"活动。据媒体报道，强势整治集中在三个方面：一、查禁警方内部非在编、非授衔的借调聘用人员乱穿警服；二、严厉查禁保安联防、企业内部保卫、小区物业等非警务人员，穿着99式警服或仿99式警服；三、严厉查禁未经省公安厅批准、并到工商部门注册登记的保安组织、所属保安押运等人员，非法穿着99式警服的问题。

事情就算过去了。

但我父亲不想再要新年快乐工艺厂了。他要收回这个礼物。彻底失去信任的王子，将失去他的自由国土。公司转让的时候，我在场。当时双方人马都在会议桌边，就转让条件、细节，仔细谈判着。

突然，大爆炸似的，会议室音乐骤然而起，瞬间汹涌于整个新年快乐厂的所有空间。我当时的感觉，仿佛是遭遇巨大的音乐雪崩。确实像突然置身大片影院。音乐碾压了每一个人。客人从来没有在工作场合，听过这样轰然的音响阵势，讶异而震撼。他们停下了磋商，面面相觑。会议室内外、整个大楼、整个新年快乐厂区，全部处于有天际纵横感的激越旋律中，会议室就像置身一个雄浑辽阔的天宇之上。人间尘烟在下。

对方一个大概熟悉电影的年轻人低声惊叹：现代启示录？大片音乐？

无人回应。我知道，是瓦格纳的《女武神出骑》。

父亲闭目不动。他承受着雪崩时刻。会议中断。

成吉汉瘸着腿，慢慢走到了窗边。他推窗下看。我跟了过去。

大楼那边，一辆暗蓝色的摩托飞驰而来。骑手那份利落帅气的青春身影，不用猜，我也知道，是边不亮，白色的头盔里一定是边不亮。后来我明白，成吉汉知道边不亮要走了，他事先告诉手下，边不亮走时，全厂强音量播放《女武神出骑》为其送行。

边不亮的摩托车，骑到厂大门，一听音乐，摩托立刻折身掉头。雄浑激越的旋律，护佑着那个白色头盔的骑手，沿着新年快乐的白色栅栏飞驰而来，犹如天马在空中飞行。它绕厂骑行了两圈，完成了告别。在音乐声中，我注视着下面的骑手，那身影如此勇敢，如此孤单。突然地，我鼻腔发酸眼眶发烫，我有点难以自持，很想拥抱成吉汉。这不是人的告别，更是一段历史的终结。我以为从小爱哭的那个人会掉泪,但是,他只是平静地注目着那辆摩托车在绕行两圈后,迎着厂大门绝尘而去。

边不亮走了。

作为一起长大的手足兄妹,我还是不能踩准我哥哥的情绪节拍。我知道他曾在医院流泪,他号啕哭泣过。我知道他对猞猁有丰厚复杂的不舍情感,所以,直到他出院很久,我们才第一次聊到了猞猁,我以为他会无限悲伤,会泣不成声,但是,没有。我又一次发现,我还是不理解成吉汉。他说——他的原话——猞猁非常了不起,终止在那么棒的音乐里。我一直在想,我在那个时刻,谁会为我播放我最爱的曲子呢……那天,走的应该是我。

如果只听声音,成吉汉语调平静温暖,仿佛猞猁依然在他身边玩游戏机、看美剧。但是,你要是看到他的眼神,恐怕谁也追不到他眼神最后的聚焦——也许在百万光年之外——也许猞猁就在那里——这个眼神,令我心碎。

人怎么能通过狭窄的竖琴跟神走?大学念过的一句诗句忽然就横过脑海。

新东家入驻在即。我们公司全部撤出新年快乐工艺厂时,成吉汉指令音响室,最后为其播放斯美塔纳《我的祖国》之《沃尔塔瓦河》。他让办公室人员都离去,命令我们统统都走,走开,走远。他独自坐在里面,我后来轻轻回到门口,靠在门廊外等他。

他一言不发地静坐在空荡荡的大办公室。整个厂区已经空寂无人。

那只为一个人的音乐，穿越静谧的、被遗弃的厂区，萧然而现。

……长笛清音空灵翻转，吉光片羽，石上的两股清流，在林间疾速穿行。透明的晨曦下，清涧飞旋跌宕，在林间汇集着奔向大河。清澈的河水在晨曦中攒积起一往无前的力量，它旋转着，涤荡着，和合着，一路东去。水天之间的阔浪长风里，出现了一种浩渺无疆的深情，伴着无可言说的清冽透澈的力量，在天地间深沉磅礴地回荡，令人爱也令人哭泣。我放弃了去看他一眼的念头，感受着那一路蓄势、一路奔涌的力量纵横捭阖，远向天际尽头，它超越了我倚靠的长廊，超越了新年快乐的所有空间，超越了芦塘小镇，超越星辰宇宙，它追逐万千时光而去……

之后，我慢慢走近成吉汉的办公室。大班台后面，成吉汉双眼闭着。他枯坐不动，如泥雕木塑。看到我进屋，办公室两人也轻轻跟到门口，试图收摊。我打手势，让他们走。他们看到呆然不动的光头少主，看不到透明的泪水寂静地挂满一个孤独者的下巴。手下又蹑手蹑脚地退开，有一个女孩不合时宜地冲成吉汉的方向扮鬼脸一笑。他们以为少主是惜别，我知道不是。我一直陪他听完十多分钟的《沃尔塔瓦河》，成吉汉没有睁开眼睛，也一直没有动。

再后来的有一天，我在成吉汉久无人居的房间，独自听这首曲子时，《沃尔塔瓦河》才刚刚汇集成天地间奔涌的大河，那一瞬间我已泪流满面，我无法控制地痛哭出声。

有的人的怀抱，是天生想拥抱全世界的，他们就为赞美为爱而来，为公平为正义而生，但世界里的一切都可能对他背向而立。再一次地，我想到了那句诗：人怎么通过狭窄的竖琴跟神走。

我泣不成声。

父亲推门站在门口。他没有要求我关小音量，他只是异样温柔地看着窗外，眼眶发红。那个时候，成吉汉已经离家出走七个多月了，音讯全无。有人说，看到他和边不亮在西藏。我希望真的是这样。如果边不亮走的时候，成吉汉指令播放的是瓦格纳的《女武神出骑》，那么我想，至少那时，他已经知道边不亮是谁了。我希望他和边不亮在一起，他们会互相爱护的。新年快乐的人都知道，成吉汉、猞猁、边不亮，他们三个，一直是彼此最默契的朋友。现在，只剩他们两个了。在一起吧在一起，背靠背或者心贴心。

而郑氏兄弟，还有阿四，恐怕永远也不会知道，猞猁到底是谁。除了网名之外，他们根本不记得他有真名。有一次，我问猞猁，你为什么叫这个。他笑而不答。我说是silly——愚蠢的？我当时是逗趣调侃，但他对我竖起大拇指，随之甩了个响指，看起来自暴自弃很是自嘲，也许是他在反逗我。

我想，双胞胎也许永远也一样不知道那个永远无畏的追风少年是谁。但是，互相不知道究竟，也没有什么关系，他们的凝聚力，从来也不是因人而起，连接他们的是梦想，永远是梦想。不过，阿四那个女流氓是不靠谱的，郑氏兄弟和阿四，只要回老家过一个春节，估计猊狲边不亮成吉汉所有当年往事，都会被添油加醋、浓墨重彩、真假难辨地重现。

那个四岁的小男孩小陈，早已和父母团圆。他来自浙江小作坊的富足之家，母亲是小学老师。当时，是客居的爷爷带他出去玩，在公园看人下棋入迷而搞丢的。人贩子一路千里、跨省把他拐到了新年快乐的"伪币"们身边。这群"伪币"不仅给了小男孩以安全和温暖，还共同哺育喂养了小家伙最了不起的警察梦想，也让他真正见识到了恐惧、绝望、和平与勇敢。

目击银行抢劫案之后，小陈有点创伤后应激障碍，夜夜梦魇惊魂。父母来接他时，动辄哭泣，还是要找阿四。阿四和他感情已深，便一路陪伴孩子送到了浙江。据说，直接被陈家挽留，就在他家当保姆了。不知那个小作坊的富裕人家，有没有阿四听得懂的古典音乐。但阿四是如何通过美食，通过天赋的音乐理解力，走向欧洲走向世界厨房,就没有人能细述详情了。

郑氏双胞胎留在了房地产公司这边,出操口令响遏行云的退伍消防兵等,也留在房地产总部这边。他们依然是保安。但已被办公室严肃训诫:再不安分、再多管闲事、再狗拿耗子——马上滚蛋!不过听说,郑氏兄弟喝点小酒就会一唱一和地对当年奋不顾身的日子夸夸其谈。兄弟俩还会时不时磕磕巴巴地口哨吹奏《威风堂堂进行曲》,就像残梦碎片。他们会齐心怀想曾经的光荣与梦想,会添油加醋地吹嘘新年快乐的姑娘们,对英雄的追逐与敬爱。还有,他们皮厚地判断,下一个重阳节,库北敬老院的老人,因为看不到他们,会难过地死掉好几个。这就是成吉汉留给他们平凡生命的一小抹高光了。

而成吉汉,彻底失踪了。

他把我和父亲,留在了没有音乐、没有轻信与天真的利润决斗场中。

我们财源滚滚,每逢佳节倍思亲。

后记
像恋爱一样生活

须一瓜

　　这小说是笔老账，早就要写但一直没写，我甚至想我可能不会写了。但有一天，我突然开始，一口气猛写，其中两次，情难自禁。我想是音乐的酵化作用吧，但我也由此确定了：那面天真的、逆动的、美丽的小旗帜，依然插在我的世界深处。风一样的猎猎梦想，试图破译不切实际的秘密人生。

　　我知道每个人，都有无人目击的梦里人生。它们大多不切实际，越不切实际，越梦得壮丽。尽管光天化日下，人们的现实与理性，在稳重地闪避、沉默；但在我们的年轻或我们的酒后，在无人知晓的地方，各种迷梦在庄重流转：极地探险者、星盘高人、架子鼓手、神探，透视而睥睨人间的历史学家，奇门遁甲、纵情天涯的海盗、阿肯那顿法老……梦想里的我们，佛光在背，黑发如帜；那是没有任何阻滞、过滤掉所有困苦艰难的快意人生。但更多的普通梦想，则可能是比较容易显影出来的种类，比如小小警察梦就时不时见诸报端。它光滑又脆弱。据说有个年轻人，痴迷警察梦无法自拔，自备行头，夜夜无休，到网吧巡查劝退未成年人；又据说有三青年在某贸洽会期间，着假警服列队赳赳行走街头执法维护秩序，路遇同行，立正敬礼致意。因为多礼，反而被真警识破。不切实际的细节，碾碎了他们的梦想。此外，几乎每座城市，都能看到脱胎于警察梦的民间反扒志愿力量，红红火火。

　　梦想，往往是无处安放的精神宝石，要找到匹配梦想的项链托、戒指托并不容易。可是，我们知道，人就是这样的做梦动物。一旦和生活某点对上眼了，他总会寻找、总会不自量力地追求更高、更光辉的人生设计。那里，可能激发更深的思想，更大的胆量，可能是更多的仁爱、更多的公平正义……当然，不可否认——也可能是，把梦中的为公理想，变成可以吮吸私蜜的花心。总之，只要给我们一个梦想托子，我们就有契合的意愿，在上面放上一颗心仪的宝石，把自命的人生意义彰显放大。所谓，"最卑贱者，也有力量遵循一个并非他选择的神圣模范，塑造一个伟大的道德人格，使他自身和理想等同。只有在生活的深

处，这个伟大的道德人格才能被雕刻出来。"（梅特林克）

新年快乐厂，就是这样一个梦想托子，它托住了二十年前一颗逆动的、天真的、美丽的"宝石"。就像一颗流星，它无人纪念地划过多年前的天空。在眼下世风，我替这"宝石"害羞。聪明的我们，已经不好意思谈论一些不合时宜的辞藻了，辨识生活中内在精神的优雅，已经是令人难堪的事。好些东西，尚未成熟已经沦为没有经济价值的古董老文物。在人们把力气用在串攒铜板、擦亮银器的时代，很多用不上的念头，都开始生锈、发霉，何况一块天真的自认宝石。它可能就是一块贼光灼灼的玻璃罢了——谁来擦拭鉴宝？

而这面天真的、反动的、美丽的、愚蠢的小旗子，就这样一直插在我的心里。我走不开。我像恋爱一样关注，像恋爱一样书写，书写那些把人生当恋爱一样过的人们。

我也不知道，这段不谙世事的荒腔走板，这份懵懂荒唐的济世激情，于我，究竟在散发什么样的极光魔力呢？

图书在版编目（CIP）数据

致新年快乐/ 须一瓜著. -- 上海：上海文艺出版社,2021
ISBN 978-7-5321-7790-5

Ⅰ.①致… Ⅱ.①须… Ⅲ.①长篇小说－中国－当代
Ⅳ.①I247.5

中国版本图书馆CIP数据核字(2020)第257797号

发 行 人：毕　胜
策　　划：李伟长
责任编辑：陈　蕾
装帧设计：丁旭东

书　　名：致新年快乐
作　　者：须一瓜
出　　版：上海世纪出版集团　　上海文艺出版社
地　　址：上海市绍兴路7号　200020
发　　行：上海文艺出版社发行中心
　　　　　上海市绍兴路50号　200020　www.ewen.co
印　　刷：上海盛通时代印刷有限公司
开　　本：889×1230　1/32
印　　张：8.125
插　　页：5
字　　数：143,000
印　　次：2021年1月第1版　2021年1月第1次印刷
ＩＳＢＮ：978-7-5321-7790-5/I.6188
定　　价：58.00元
告读者：如发现本书有质量问题请与印刷厂质量科联系　T:021-37910000